喚醒你的英文語感！

Get a Feel for English !

字彙高點

IELTS TOEFL TOEIC 研究所 公職特考

英文必考

作者 **薛詠文** 多益滿分紀錄最強名師

替換同義字

☑舉一反三擴充 ☑直覺式解題力 ☑強化字詞替換

在學習英文的道路上，您我都共同經歷過：每週前往電腦教室上英聽課、閱讀長篇文章、背文法規則，被老師要求每天寫英文日記以練習寫作，或有學校還煞費苦心地聘請以英文爲母語的老外來學校跟同學做口語對話練習……，聽起來「似曾相識」吧？沒錯，這些聽說讀寫與文法的訓練，的確是非常必要的！而要說**欲培養英文聽說讀寫能力之首要基石，事關此四大能力能否有效學成與發揮的關鍵，可說非「英文字彙量」莫屬了！**

單字認識得多一些，對聽說讀寫能力之提升有直接與正面的影響。那麼要如何拓展單字量？方法自然是有「百百種」，有人喜歡依 A-Z 順序背整本字典，有人偏好從字根字首下手，有人藉由大量閱讀也能無形中增加涉獵英文單字的機會，但在本書，筆者將帶領讀者**利用最直接快速、認識某單字的「同義字 / synonyms」之方式，讓單字量以倍數成長**！舉例來說，我們已經知道最基本的 "important"（重要的）這個字，透過瞭解此字的同義換字，便有可能將 "essential"、"significant" 與 "necessary" 等三個（或以上）的同義字再納入自己的字彙庫。

爲何非要瞭解「同義字 / synonyms」不可？原因非常地明顯，瞭解「同義字」是應付所有英檢考試（包括高普考、研究所或 New TOEIC、TOEFL iBT、IELTS、GEPT 等）的必備基本解題能力。**多數類型的英檢考試都會以「換同義字」來當命題的原**

理之一。比方說，測驗文章內句子為 "... initiated a project ..."，題目句改寫成 "... case was launched ..." 等；或是文章中寫道 "... decreased crop yields ..."，到題目選項則替換成 "... diminished food resources ..." 等。由上述可看出，**事先對同義單字有所準備的話，考試時自然能更有效率地理解句子並答題**。

此外，**拓展同義字的認識對寫作能力的提升更是至關重要**。若同義單字認識得有限，可能只能寫出像 "Taipei 101 is a very tall building." 這樣索然無味的句子，但若字彙能力有一定程度的話，便有可能將該句改寫如 "Taipei 101 is a prominent landmark." 這樣水準較高的描述。或者 "My friends told me many things." 此句可改寫為 "My friends shared with me their innermost secrets." 等。由上可知，擴充同義字庫，不但可應用在各類英檢考試中，對於**「讓自己有辦法產出高品質句子之能力」**更是不可或缺！

本書嚴選 1500 個最實用且常見於各類英檢考試的高品質單字，原則上每字皆搭配一個考試換字、三個同義字，以及反義字和高頻搭配詞。透過吸收這些必備單字的相關字群組，不僅為了考試，還可提高自身寫作水準並增加自信心。另，書中每單元後附有練習題，題目選項用字即便不是答案，也都是精挑過的優質單字，亦值得延伸瞭解以便實際應用。

最後，期望讀者在學習各單字之同義字組的同時，也能培養出細緻的英文語感，進而提升整體的英文能力。

薛詠文

目錄

本書特色和使用說明

本書並不標榜上萬個單字量或超高難度的例句等噱頭，（試問，即使看了上萬單字或高難度例句，日常生活中眞正有用到幾個？）而是完全聚焦於極爲常用且高水準的 1500 個單字上（筆者曾見坊間收錄 7000 單字量的書籍，甚至連“boyfriend”這種初階中的初階單字也算進去），並以這些重要單字爲基礎，一一拓展其「考試替換字」、「另三個同義字」、「反義字」與「搭配字」等關鍵要點，如此也可發展出超過 6000 個不同的單字了！

首先，筆者先著眼討論上段所提及的「考試替換字」一事。現今國內（全民英檢、研究所、各類國家考試等）或國外（托福、雅思、多益等）的英語標準化考試，無論聽說讀寫哪一項技巧，皆爲檢測應試者「掌握英文字同義字詞的能力」。這樣的測驗方式所要求的便是牢記大量字彙；唯有壯大字彙庫，方可提高聽說讀寫能力。（日前筆者看到一篇網路文章寫道：「雅思閱讀看似是在考閱讀能力，其實本質是在考單字而已，你信不信？」——我當然信呀！因爲本來就是如此！）

舉例來說，雅思 IELTS 的官方指南 (The Official Cambridge Guide to IELTS) 有篇文章“The Dover Bronze-Age Boat”的首段如此寫道：

“It was 1992, in England, workmen were building a new road through the heart of Dover, to connect the ancient port and the Channel Tunnel, which, when it opened just two years later, was to be the first land link between Britain and Europe for over 10,000 years. A small team from the Canterbury Archaeological Trust (CAT) worked alongside the workmen, recording new discoveries brought to light by the machines."

接著，題目來了，此題爲塡空題：

"In 1992, the boat was discovered during the construction of a ___________."

在考試時間緊迫的情況下看到整段密密麻麻的字，不免心生恐懼。但若靜下心來釐清題目的關鍵點是問 1992 年的事，便可縮小範圍至段落的首句 It was 1992 ... 處。接著查看此定位句，再與題目比對過後便不難發現，此題考點並非句型，亦無須翻譯意思，而僅是要考兩個同義字── "construct = build" 的單字替換。因此，答案是 "road"。

再來看另一個實例，在 托福 TOEFL iBT 考試中，有一種題型正是考 vocabulary 的單字題，一篇文章所搭配的 14 道題目內，單字題可能會出到 3-4 題之多。也不例外，托福單字題全然就是在考所標出之單字的同義字，常見的有：

important（重要的）
= essential、critical、crucial、significant、marked 等

outstanding（突出的）
= exceptional、impressive、superior、distinguished、striking 等

giant（大的）
= colossal、enormous、gigantic、magnificent、tremendous 等

正在準備 TOEFL 的讀者定能察覺，上列每個單字百分百都是標準的托福單字！

值得一提的是，TOEFL 單字考題中也有可能是考該字的「第二個意思」，比方說 "faithful" 一字，我們一般記的是其「忠貞的；忠實的」之意 (= loyal)，但殊不知此字亦可指「可靠的；準確的」，這時替換字就應該選 "accurate" 了。

多益 TOEIC 就更不用說了，絕對就是一個「專門考單字」的測驗！只是考的同義字較偏簡易商用與生活化而已，比方說：

poultry（禽／鳥類）= chicken（雞）
coworker（同仁）= colleague（同事）
salary（薪資）= income（收入）

最後兩個例子則是 國內研究所 的單字考題：

1. A university should offer a wide range of disciplines to its students. (96 台師大)
   其中 discipline 是「科目」之意，替換字 "subject"。

2. His maneuvers to consolidate his power is disputable。(94 台大)
   其中 disputable 指「有爭議的」，替換字 "controversial"。

由上各例可清楚地看出，無論什麼考試，也不管文章或題目寫得長或短，命題者要測驗的就是單字的同義替換字罷了。假如應試者試圖弄懂文章或句子中每個字的涵義之後才作答，想必是浪費時間、徒勞無功。但若應試者能夠不受不相關內容之干擾，將有限的精力發揮在有用的單字，並將注意力立即集中到所考單字的替換字上，自然便可更加精準地回答到題目。也因為如此，本書的宗旨十分明瞭，亦即「只專注在各類考試超高頻單字之同／反義字替換」的準備上！

以上討論完「考試會考的單字」了，讀者可能會想「學習同／反義字替換能力僅是爲了應付考試嗎？」當然不是如此！筆者在前文曾提及，增加同義單字量之後才有辦法「產出」，並貼切地表達所思，例如應用在 writing（撰寫文句）與 speaking（發表意見／簡報）上。若要精進寫出好句子的能力，「好的單字」與「同義字替換」此二能力必不可缺！

搭配詞在各類寫作上亦同等重要。所謂「搭配詞」(collocations) 爲何，我們可從英文字上看出端倪：字首 co 表「一起」，而 location 則指「位置」，因此 collocation 就是「擺在一起」的意思——某些字會自然地和某些字擺在一起使用。比方說，中文「我去美國看幾個朋友。」用英文表達有可能被直接翻成：I went to the U.S. to see some friends.，但殊不知「看朋友」並無法直譯爲 "see friends"！而應該要使用可與 friends 搭配的動詞 "visit" 較爲恰當，並改成 I went to the U.S. to visit some friends. 。

多數英檢考試的選擇題測驗應試者對單字「認識與否」，焦點並不一定在於其拼法（但要是欲運用在寫作上則須拼對才行了），因此，建議讀者初步應練習至「望字知意」的程度較佳。另，本書附有「學習加值包」，內含著重於字彙能力之多益 Part 5&6 模擬題，以及書中所載主要字之 MP3 音檔，讀者可於貝塔網站 http://www.betamedia.com.tw 免費下載。利用聲音輔助記憶，並以考題驗收、印證，可使學習成效發揮至極致。

掃描 QR Code 下載
模擬題 & MP3 音檔

本章單字之音檔收錄於第 01 軌

abandon
[əˋbændən]
v. 放棄

- 換 **relinquish**
- 同 yield / give up / drop out
- 反 persevere 堅持不懈
- 搭 abandon oneself to 沉溺於

adventurous
[ədˋvɛntʃərəs]
adj. 愛冒險的；大膽的

- 換 **courageous**
- 同 reckless / brave / bold
- 反 fearful 害怕的
- 搭 an adventurous voyage 驚險的旅程

arrogantly
[ˋærəgəntlɪ]
adv. 自大地

- 換 **proudly**
- 同 with one's nose in the air / haughtily / loftily
- 反 meekly 溫順地
- 搭 behave arrogantly 表現傲慢

breakthrough
[ˋbrek,θru]
n. 突破性進展

- 換 **advance**
- 同 progress / development / leap
- 反 step back 退縮
- 搭 important breakthrough 重要的突破

community
[kəˋmjunətɪ]
n. 社區

- 換 **neighborhood**
- 同 district / territory / society
- 搭 serve the community 服務鄰里

consequently
[ˋkansə,kwɛntlɪ]
adv. 結果；必然地

- 換 **therefore**
- 同 as a consequence / thereupon / thus

cozy
[ˋkozɪ]
adj. 舒適的

換 **comfortable**
同 intimate / restful / secure
反 uncomfortable 不舒服的
搭 a cozy home 溫暖的家

deplete
[dɪˋplit]
v. 用盡；減少；耗盡

換 **consume**
同 decrease / empty / expend
反 enlarge 擴大；拓展
搭 deplete one's savings 花光存款

dismal
[ˋdɪzml̩]
adj. 陰沉的；悽涼的

換 **gloomy**
同 miserable / dull / murky
反 cheerful 愉悅的；高興的
搭 a dismal room 陰森的房間

earnest
[ˋɝnɪst]
adj. 熱心的；認真的；重要的

換 **fervent**
同 ardent / passionate / sincere
反 frigid 冷淡的；呆板的
搭 earnest workers 認真的員工

enigmatic
[ˏɛnɪgˋmætɪk]
adj. 如謎的；難解的

換 **mysterious**
同 perplexing / puzzling / uncertain
反 obvious 明顯的
搭 an enigmatic smile 難以理解的微笑

executive
[ɪgˋzɛkjəˏtɪv]
n. 經理；執行者

換 **administrator**
同 commander / government official / manager
反 subordinate 部屬；屬下
搭 a senior executive 資深經理人

flaw

[flɔ]

n. 缺陷；錯誤；過失

換 **fault**

同 blemish / defect / imperfection

反 strength 強項

搭 a flaw in the plan 計劃有疏失

glaring

[ˋglɛrɪŋ]

adj. 耀眼的；閃亮的

換 **obvious**

同 noticeable / dazzling / shining

反 hidden 隱藏的；隱蔽的

搭 glaring noonday sun 日正當中的耀眼陽光

immeasurably

[ɪˋmɛʒərəblɪ]

adv. 不可測量地；廣大無邊地

換 **greatly**

同 enormously / markedly / tremendously

反 inconsiderably 微不足道地

搭 immeasurably wealthy 相當有錢

inflate

[ɪnˋflet]

v. 充氣；膨脹；擴大

換 **enlarge**

同 expand / broaden / swell

反 lessen 縮小；變弱；弱化

搭 inflate price 漲價

interpret

[ɪnˋtɝprɪt]

v. 理解；說明；闡述

換 **understand**

同 make sense of / depict / translate

反 misunderstand 誤解；曲解意思

搭 interpret something differently 以不同的方式解讀

lure

[lʊr]

v. 吸引；引誘

換 **attract**

同 allure / captivate / capture

反 deter 嚇阻；威嚇

搭 lure into 受到……吸引

muffle
[ˋmʌfl̩]
v. 消音；減弱；壓抑

換 **tone down**
同 suppress / make quiet / conceal
反 increase 增加
搭 muffle one's emotions 壓抑情緒

out of sight
ph. 超出視野

換 **hidden**
同 unseen / invisible / concealed

persuasive
[pɚˋswesɪv]
adj. 有說服力的

換 **convincing**
同 cogent / compelling / inspiring
反 ineffective 無效力的
搭 a persuasive argument 有說服力的觀點

previous
[ˋpriviəs]
adj. 先前的

換 **former**
同 earlier / preceding / prior
反 future 未來的
搭 the previous year 去年

provision
[prəˋvɪʒən]
n. 供應；預備；供給

換 **supplying**
同 arrangement / furnishing / preparation
反 removal 除去；拆卸
搭 make provision 預備

relapse
[rɪˋlæps]
v. 復發；惡化

換 **regress**
同 revert / fall back / retrogress
反 heal 復原；修復
搭 relapse into 再度陷入

riddle
[ˋrɪdḷ]
n. 謎；難解之事

換 **enigma**
同 mystery / puzzle / conundrum
反 solution 解決方案
搭 talk in riddles 打啞謎

signal
[ˋsɪgnḷ]
v. 發出信號；打信號溝通

換 **communicate**
同 indicate / warn / flash
搭 signal to 發訊號

stern
[stɜn]
adj. 嚴厲的

換 **rigid**
同 rigorous / strict / tough
反 flexible 有彈性的
搭 a stern look 嚴厲的目光

sustained
[səˋstend]
adj. 持久的；持續的

換 **uninterrupted**
同 maintained / supported / continued
反 interrupted 被打斷的；中斷的
搭 sustained growth 持續的成長

transmute
[trænsˋmjut]
v. 變形；變質

換 **transform**
同 convert / transfigure / modify
反 keep 保持
搭 transmute into 轉化為

upset
[ʌpˋsɛt]
v. 擾亂；打亂

換 **disturb**
同 unsettle / derange / distress
反 organize 規劃；整頓
搭 upset plans 打亂計劃

本章單字之音檔收錄於第 02 軌

abide

[ə`baɪd]

v. 持續；容忍；忍受

換 **endure**

同 sustain / tolerate / suffer

反 disallow 不許；駁回

搭 can't abide someone 無法忍受某人

adversely

[æd`vɝslɪ]

adv. 反對地；不利地

換 **hostilely**

同 resentfully / unfavorably / without sympathy

反 positively 正面地

搭 react adversely 持反對意見

artificial

[ˌartə`fɪʃəl]

adj. 假的；人造的；人工的

換 **not real**

同 fake / counterfeit / unnatural

反 genuine 真正的；真實的

搭 artificial intelligence 人工智慧

breathtaking

[`brɛθˌtekɪŋ]

adj. 極美的；令人屏息的

換 **awesome**

同 thrilling / stunning / impressive

反 boring 無趣的

搭 breathtaking beauty 令人讚嘆的美

compact

[kəm`pækt]

adj. 緊密的；結實的；精簡的

換 **compressed**

同 condensed / packed / solid

反 loose 鬆散的

搭 compact disc 壓縮的光碟

conservative

[kən`sɝvətɪv]

adj. 保守的；守舊的

換 **traditional**

同 inflexible / controlled / timid

反 progressive 先進的；革新的

搭 a conservative society 保守的社會

cramped
[ˋkræmpt]
adj. 侷促的；狹隘的

換 **confined**
同 congested / packed / overcrowded
反 enormous 重大的；廣闊的
搭 a cramped space 狹窄的空間

deposit
[dɪˋpazɪt]
v. 堆積；儲存（尤指金錢）

換 **save**
同 amass / stash / store
反 squander 揮霍；浪費
搭 deposit in 堆積於；存放於

dismantle
[dɪsˋmæntḷ]
v. 拆除；破壞；卸下

換 **break up**
同 destroy / demolish / wreck
反 construct 建造；構成
搭 dismantle an engine 拆開引擎

eccentric
[ɪkˋsɛntrɪk]
adj. 古怪的；奇怪的

換 **weird**
同 queer / peculiar / odd
反 conventional 常規的
搭 an eccentric young man 古怪的年輕人

enjoy
[ɪnˋdʒɔɪ]
v. 欣賞；享有；喜愛

換 **appreciate**
同 experience / live it up / retain
反 dislike 不喜歡；厭惡
搭 enjoy fame 享富盛名

exert
[ɪgˋzɝt]
v. 施加

換 **apply**
同 expend / utilize / wield
反 relax 放鬆；緩和；減輕
搭 exert pressure 施加壓力

flawed

[flɔd]

adj. 不正確的；有缺失的

- 換 **incorrect**
- 同 defective / faulty / unsound
- 反 accurate 準確的
- 搭 flawed information 錯誤的資訊

glean

[glin]

v. 收集；拾取

- 換 **collect**
- 同 gather / extract / harvest
- 反 disperse 分散
- 搭 glean information 收集情資

immediately

[ɪˋmidɪɪtlɪ]

adv. 立即地

- 換 **instantly**
- 同 without delay / at once / promptly
- 反 later 其後；稍後
- 搭 call immediately 立即打電話

inflict

[ɪnˋflɪkt]

v. 造成；使遭受

- 換 **cause（something harmful）**
- 同 apply / deliver / impose
- 反 withhold 抑制；阻擋
- 搭 inflict massive injures 造成重創

interrupt

[ˏɪntəˋrʌpt]

v. 妨礙；打斷

- 換 **intrude**
- 同 break off / suspend / interfere
- 反 continue 繼續
- 搭 interrupt a conversation 打斷談話

lurk

[lɝk]

v. 潛伏；埋伏

- 換 **creep**
- 同 hide / sneak / lie in wait
- 反 come out 出現
- 搭 lurk around 潛伏；鬼鬼祟祟

multitude
[ˋmʌltə͵tjud]
n. 許多；一大群

換 **large group**
同 collection / crowd / herd
反 minority 小眾
搭 multitude of 許多

outdated
[͵autˋdetɪd]
adj. 過時的；老舊的；舊有的

換 **old-fashioned**
同 obsolete / antique / old-school
反 current 目前的；現今的
搭 an outdated system 老舊的系統

pertinent
[ˋpɝtnənt]
adj. 恰當的；貼切的；中肯的

換 **relevant**
同 applicable / appropriate / related
反 unfitting 不合宜的；不合適的
搭 a pertinent question 恰當的問題

primal
[ˋpraɪml̩]
adj. 主要的；基本的；原始的

換 **fundamental**
同 primary / central / primordial
搭 primal fears 本能的恐懼

provoke
[prəˋvok]
v. 煽動；激怒；激起

換 **bring about**
同 enrage / elicit / inflame
反 discourage 使沮喪；使洩氣
搭 provoke conflicts 引發衝突

relatively
[ˋrɛlətɪvlɪ]
adv. 相對地；比較來說；相當

換 **comparatively**
同 rather / approximately / somewhat
搭 relatively junior 較為生澀

rigid

[ˋrɪdʒɪd]

adj. 僵硬的；死板的

換 **stiff**
同 fixed / hardline / rigorous
反 flexible 有彈性的
搭 a rigid body 僵硬的身軀

signature

[ˋsɪgnətʃɚ]

n. 簽名；記號；特徵

換 **trademark**
同 symbol / indication / inscription
搭 a signature song 成名曲

stifling

[ˋstaɪflɪŋ]

adj. 令人窒息的

換 **airless**
同 fetid / muggy / stuffy
搭 a stifling atmosphere 窒息的氣氛

swagger

[ˋswægɚ]

v. 昂首闊步；神氣活現

換 **show off**
同 bluster / prance / strut
反 be modest 謙虛；審慎
搭 swagger about 說大話；吹牛皮

transport

[trænsˋpɔrt]

v. 運輸；運送

換 **carry**
同 ship / ferry / move
反 hold 抓住；握住；不放
搭 transport sth. to 將……運送到……

urbanity

[ɝˋbænətɪ]

n. 優雅舉止

換 **elegance**
同 charm / cultivation / sophistication
反 crudeness 粗糙；未成熟

本章單字之音檔收錄於第 03 軌

abnormal
[æb`nɔrml̩]
adj. 反常的；不正常的

換 **unnatural**
同 eccentric / irregular / odd
反 ordinary 普通的；一般的
搭 abnormal behavior 反常的行為

advocate
[`ædvəkɪt]
v. 倡導；主張

換 **recommend**
同 promote / justify / propose
反 disapprove 反對；不贊同
搭 advocate reform 提倡改革

ascend
[ə`sɛnd]
v. 攀升；上升

換 **elevate**
同 enhance / climb / skyrocket
反 decline 下滑
搭 ascend the stairs 上樓梯

breed
[brid]
v. 滋生；招致；導致

換 **generate**
同 create / nourish / develop
反 halt 暫停；中止
搭 Inaction breeds doubt.
不作為將招致疑慮。

comparative
[kəm`pærətɪv]
adj. 相對的；相當的

換 **relative**
同 provisional / matching / connected
反 different 不同的；相異的
搭 comparative literature 比較文學

conserve
[kən`sɜv]
v. 保存；保育；節省

換 **preserve**
同 maintain / protect / sustain
反 destroy 破壞
搭 conserve resources 節約能源

crave
[krev]
v. 渴望；需要；懇求

換 **desire**
同 fancy / hunger for / covet
反 dislike 不喜歡
搭 crave for attention 渴望得到注意

depression
[dɪˋprɛʃən]
n. 沮喪；消沉；不景氣

換 **despair**
同 deflation / dullness / distress
反 pleasure 愉快；歡樂
搭 economic depression 經濟不景氣

dismiss
[dɪsˋmɪs]
v. 解散；免職

換 **disband**
同 release / decline / dispatch
反 allow 允許
搭 dismiss employees 遣散員工

eclipse
[ɪˋklɪps]
v. / *n.* 遮掩；〔天〕蝕；黯然失色

換 **obscure**
同 veil / overshadow / surpass
反 lighten 變亮；使光明
搭 solar eclipse 日蝕

enlarge
[ɪnˋlardʒ]
v. 擴大；擴展；放大

換 **augment**
同 increase / broaden / multiply
反 abridge 縮短；精簡
搭 enlarge the picture 將照片放大

exhausted
[ɪgˋzɔstɪd]
adj. 耗盡的；用完的；精疲力竭的

換 **consumed**
同 depleted / drained / washed-out
反 lively 有活力的
搭 exhausted resources 被耗盡的資源

flee
[fli]
v. 脫離；逃掉；跑掉

換 **run away**
同 depart / escape / retreat
反 arrive 抵達；到達
搭 flee from 自……逃離

glimpse
[glɪmps]
v. 瞥見；匆匆看一眼

換 **glance**
同 flash / sight / peek
反 stare 凝視
搭 glimpse at 瞥見

immersed
[ɪ`mɝst]
adj. 專注的；沉浸的

換 **engaged**
同 engrossed / occupied / taken up
反 unoccupied 不忙的；空閒的
搭 immersed in 沉浸於

influence
[`ɪnflʊəns]
n. 影響

換 **impact**
同 effect / force / consequence
反 cause 起因
搭 a positive influence 正面影響

interval
[`ɪntɚvl̩]
n. 間隔

換 **intermission**
同 downtime / interruption / interlude
反 continuation 持續
搭 interval between 距離；間隔

luster
[`lʌstɚ]
n. 光澤

換 **brightness**
同 sheen / glow / sparkle
反 darkness 黑暗
搭 beautiful luster 美麗的光澤

mundane

[ˋmʌnden]

adj. 世俗的；平凡的；乏味的

換 **ordinary**

同 normal / commonplace / earthly

反 abnormal 不正常的

搭 mundane tasks 乏味的工作

outlast

[ˋautˋlæst]

v. 比……活得長；比……持續時間長

換 **outlive**

同 survive / endure beyond / live on after

反 cease 停止；中止

pervasive

[pɚˋvesɪv]

adj. 普遍的；瀰漫的

換 **extensive**

同 common / ubiquitous / prevalent

反 uncommon 非凡的；不尋常的

搭 pervasive influence 普遍的影響

prime

[praɪm]

n. 精華；一流；最佳狀態

換 **best**

同 perfection / elite / peak

反 worst 最糟部分

搭 the prime of life 盛年；壯年時期

prudent

[ˋprudnt]

adj. 謹慎的；精明的

換 **cautious**

同 careful / conscientious / watchful

反 reckless 不注意的；不在乎的；魯莽的

搭 a prudent manager 精明的老闆

release

[rɪˋlis]

v. 釋放；宣洩

換 **liberate**

同 discharge / surrender / exempt

反 detain 留住；使耽擱

搭 release negative emotions 釋放負面情緒

rigor
[ˋrɪgɚ]
n. 嚴酷

換 **severity**
同 accuracy / hardship / rigidity
反 ease 安逸；自在
搭 the rigor of the Arctic winter
北極冬天的嚴寒

significant
[sɪgˋnɪfəkənt]
adj. 有意義的；主要的；重大的

換 **important**
同 noteworthy / remarkable / essential
反 minor 次要的；不重要的
搭 significant improvement 重大進展

stimulate
[ˋstɪmjə͵let]
v. 刺激；勉勵

換 **encourage**
同 spur / incite / impel
反 block 阻擋；凍結
搭 stimulate growth 刺激成長

swap
[swɑp]
v. 交易；以……交換

換 **exchange**
同 trade / bargain / switch
反 maintain 維持；保持原樣
搭 swap for 與……交換

trapped
[træpt]
adj. 陷入困境的；受到限制的

換 **captured**
同 cornered / ambushed / at bay
反 discharged 被釋放的
搭 a trapped animal 受困的動物

urge
[ɝdʒ]
v. 力促；推動；驅策

換 **incite**
同 force / agitate / prompt
反 oppose 反對；抵制
搭 urge powerfully 強烈驅使

本章單字之音檔收錄於第 04 軌

abolish
[ə`balɪʃ]
v. 廢除；廢止

換 **end**
同 cancel / dissolve / eradicate
反 establish 建立
搭 abolish a law 廢除法規

aesthetic
[ɛs`θɛtɪk]
adj. 審美的；美感的

換 **artistic**
同 elegant / exquisite / tasteful
反 unattractive 不具吸引力的
搭 aesthetic design 美術設計

ascertain
[ˏæsɚ`ten]
v. 確定；證實

換 **determine**
同 make certain / confirm / verify
反 disprove 反駁
搭 ascertain the cause 查明原因

brilliant
[`brɪljənt]
adj. 閃閃發亮的

換 **shining**
同 sparkling / dazzling / vivid
反 gloomy 陰沉的
搭 brilliant colors 繽紛的色彩

compelling
[kəm`pɛlɪŋ]
adj. 強制的；令人信服的

換 **persuasive**
同 irresistible / forceful / compulsory
反 elective 選擇性的
搭 compelling evidence 鐵證

considerable
[kən`sɪdərəbl̩]
adj. 重要的；值得考慮的

換 **significant**
同 major / noteworthy / distinguished
反 unimportant 不重要的
搭 considerable evidence 重要的證據

craving
[ˋkrevɪŋ]
n. 渴望；熱切

換 **appetite**
同 hunger / longing / passion
反 disgust 作嘔；厭惡
搭 have a craving for 渴望；渴求

deprive
[dɪˋpraɪv]
v. 剝奪

換 **dispossess**
同 take away / dismantle / divest
反 supply 提供；支持
搭 He was deprived of his rights.
他被剝奪了權利。

dispatch
[dɪˋspætʃ]
v. 派送；辦理；發送

換 **forward**
同 remit / transmit / route
反 receive 接收
搭 dispatch to 派送至

economical
[ˌikəˋnɑmɪkḷ]
adj. 經濟的；節約的

換 **cost-effective**
同 inexpensive / efficient / reasonable
反 wasteful 浪費的
搭 in an economical way 節省的方式

enlighten
[ɪnˋlaɪtn]
v. 教導；啓蒙

換 **instruct**
同 illuminate / explain / educate
反 deceive 欺騙；哄騙；矇騙
搭 enlighten students 教育學生

exhibit
[ɪgˋzɪbɪt]
v. 陳列；展示

換 **display**
同 present / show / demonstrate
反 hide 隱藏
搭 exhibit paintings 展示畫作

fleeting

[ˋflitɪŋ]

adj. 瞬間的；短暫的

換 **short-lived**

同 transient / brief / temporary

反 lasting 長久的；持久的

搭 fleeting moment 時間轉瞬即逝

gloomy

[ˋglumɪ]

adj. 愁悶的；悲哀的

換 **depressed**

同 dejected / sorrowful / unhappy

反 cheerful 開心的；愉快的

搭 gloomy winter day 陰沉的冬日

imminent

[ˋɪmənənt]

adj. 迫在眉睫的

換 **forthcoming**

同 immediate / looming / impending

反 distant 遠方的

搭 imminent danger 迫在眉睫的危險

infrequent

[ɪnˋfrikwənt]

adj. 罕見的；不經常的

換 **uncommon**

同 sparse / rare / scattered

反 regular 一般的；標準的

搭 infrequent visits 少有的拜訪

intervention

[ˏɪntɚˋvɛnʃən]

n. 插手；調停；介入

換 **intercession**

同 interference / mediation / arbitration

搭 military intervention 軍事干涉

luxurious

[lʌgˋʒurɪəs]

adj. 奢華的

換 **affluent**

同 indulgent / deluxe / extravagant

反 modest 適度的；節制的

搭 luxurious goods 精品

mutual
[ˋmjutʃuəl]
adj. 互相的；雙方的

換 **collective**
同 associated / communal / connected
反 unshared 專有的；獨享的
搭 mutual benefit 雙方互惠

outward
[ˋaʊtwɚd]
adj. 向外的；外面的；公開的

換 **noticeable**
同 visible / exterior / external
反 inward 向內的
搭 outward journey 海外行程

pessimistic
[͵pɛsəˋmɪstɪk]
adj. 悲觀的；負面的

換 **negative**
同 gloomy / depressed / despondent
反 optimistic 樂觀的
搭 a pessimistic view 悲觀的觀點

primitive
[ˋprɪmətɪv]
adj. 初期的；原始的

換 **rudimentary**
同 preliminary / introductory / initial
反 modern 現代的
搭 primitive living conditions
原始的生存條件

pulsate
[ˋpʌl͵set]
v. 脈動；悸動

換 **beat**
同 throb / vibrate / fluctuate
反 be still 靜止；不動

relentless
[rɪˋlɛntlɪs]
adj. 殘忍的；嚴厲的；強烈的

換 **merciless**
同 cruel / fierce / ruthless
反 tame 溫順的
搭 relentless heat 持續高溫

rigorous

[ˋrɪgərəs]

adj. 嚴格的；嚴密的

換 **severe**
同 exact / accurate / brutal
反 soft 溫和的；寬厚的；軟弱的
搭 rigorous training 嚴格的訓練

simulate

[ˋsɪmjə,let]

v. 模擬

換 **duplicate**
同 pretend / resemble / disguise
反 be real 真實化
搭 simulate illness 裝病

straightaway

[ˋstretə,we]

adv. 立即地；立刻地

換 **immediately**
同 directly / at once / promptly
反 later 其後；稍後
搭 have to go straightaway 馬上要走

sway

[swe]

v. 搖擺；動搖

換 **swing**
同 influence / affect / waver
反 remain 保持不變
搭 sway gently 輕輕地搖曳

trappings

[ˋtræpɪŋz]

n. 馬飾；虛飾

換 **decorations**
同 equipment / fixtures / accouterments

utilize

[ˋjutl̩,aɪz]

v. 利用

換 **exploit**
同 employ / handle / apply
反 hinder 阻礙
搭 utilize resources 利用資源

本章單字之音檔收錄於第 05 軌

abound

[əˋbaʊnd]

v. 大量存在；富足；充滿

- 換 **thrive**
- 同 flourish / swarm / be thick with
- 反 decline 減少
- 搭 abound with 充滿；富於

affect

[əˋfɛkt]

v. 影響；打動

- 換 **influence**
- 同 involve / impact / touch
- 反 leave alone 不干涉
- 搭 affect the outcome 影響結果

aspect

[ˋæspɛkt]

n. 方面；觀點；方向

- 換 **perspective**
- 同 angle / facet / point of view
- 反 whole 整體
- 搭 describe an aspect 描述觀點

brink

[brɪŋk]

n. 邊緣

- 換 **rim**
- 同 edge / verge / shore
- 反 middle 中間；中心
- 搭 on the brink of 在……邊緣

compensate for

ph. 彌補；補償

- 換 **make up for**
- 同 settle / square / patch up
- 反 deprive 剝奪
- 搭 compensate for his lack of experience 彌補經驗的不足

consistently

[kənˋsɪstəntlɪ]

adv. 一貫地；固守地；如一地

- 換 **constantly**
- 同 always / steadily / normally
- 反 never 從未
- 搭 consistently successful 一直都很成功

credential
[krɪˋdɛnʃəl]
n. 證件；憑證

換 **certificate**
同 diploma / document / testament
搭 check someone's credentials 檢查憑證

derail
[dɪˋrel]
v. 出軌；脫軌；阻撓

換 **crash**
同 wreck / hinder / deflect
反 encourage 鼓勵；激發
搭 derail a train 使火車出軌

disperse
[dɪˋspɝs]
v. 分散；解散；疏散

換 **spread out**
同 distribute / scatter / discharge
反 accumulate 收集；積累
搭 widely disperse 廣為散佈

economize
[ɪˋkɑnə͵maɪz]
v. 節約；節省

換 **conserve**
同 cut down / be frugal / cut corners
反 squander 浪費
搭 economize on water 節約用水

enlist
[ɪnˋlɪst]
v. 招募；參軍；入伍

換 **recruit**
同 attract / engage / employ
反 dismiss 解散
搭 enlist new soldiers 招募新兵

existence
[ɪgˋzɪstəns]
n. 存在；實在

換 **presence**
同 survival / essence / reality
反 end 結束
搭 in existence 現存的；存在的

flexible

[ˋflɛksəbḷ]

adj. 易彎曲的；有彈性的

換 **pliant**
同 bendy / supple / adjustable
反 rigid 僵硬的
搭 a flexible schedule 有彈性的時程

gorgeous

[ˋgɔrdʒəs]

adj. 美麗的；燦爛的

換 **magnificent**
同 attractive / brilliant / colorful
反 awful 糟糕的
搭 a gorgeous day 美好的一天

immobile

[ɪmˋmobḷ]

adj. 不能動的；固定的

換 **motionless**
同 immovable / stagnant / stationary
反 unfixed 不固定的
搭 remain immobile 保持不動

infrequently

[ɪnˋfrikwəntlɪ]

adv. 罕見地；不常地

換 **rarely**
同 seldom / hardly ever / unusually
反 regularly 經常地

intimate

[ˋɪntəmɪt]

adj. 親密的；熟悉的；深入的

換 **devoted**
同 warm / in-depth / deep-seated
反 unfriendly 不友善的；冷淡的
搭 intimate friends 知心好友

magnetize

[ˋmægnəˏtaɪz]

v. 磁化；吸引；迷住

換 **lure**
同 attract / charm / draw
反 repel 反抗；驅除；擊退

mysterious
[mɪsˋtɪrɪəs]
adj. 神秘的；不可思議的

換 **enigmatic**
同 mystical / puzzling / perplexing
反 obvious 顯而易見的
搭 the mysterious universe 神秘的宇宙

outweigh
[aʊtˋwe]
v. 超過

換 **exceed**
同 override / dominate / surpass
反 lose 減少；失去
搭 the benefits outweigh the risks 好處大過風險

phenomenon
[fəˋnaməˏnan]
n.（尤指不尋常的）現象

換 **occurrence**
同 incident / circumstance / episode
反 usualness 普遍性；慣常
搭 explain a phenomenon 解釋現象

principal
[ˋprɪnsəp!]
adj. 主要的；首要的

換 **major**
同 dominant / primary / elementary
反 ordinary 普通的；一般的
搭 principal focus 主要焦點

pulsating
[ˋpʌlˏsetɪŋ]
adj. 脈動的；有節奏的

換 **beating**
同 resonant / echoing / ringing

relevant
[ˋrɛləvənt]
adj. 有關係的；適宜的

換 **applicable**
同 appropriate / related / suitable
反 irrelevant 無關係的
搭 relevant experience 相關經驗

ritual
[ˋrɪtʃʊəl]
n. 儀式；典禮

換 **ceremony**
同 tradition / rite / custom
搭 an ancient ritual 古老儀式

simultaneous
[͵saɪmḷˋtenɪəs]
adj. 同時的

換 **concurrent**
同 at the same time / coexistent / in sync
反 separate 分開的
搭 almost simultaneous 幾乎同時

strengthen
[ˋstrɛŋθən]
v. 加強；增強；鞏固

換 **intensify**
同 harden / vitalize / reinforce
反 curtail 刪減
搭 strengthen the spirit 強化精神

sweep
[swip]
v. 迅速蔓延；傳播

換 **circulate**
同 diffuse / disperse / disseminate
反 limit 限制
搭 sweep through 席捲

trauma
[ˋtramə]
n. 創傷

換 **injury**
同 suffering / torture / wound
反 comfort 舒適；舒服
搭 childhood traumas 兒童期創傷

utterly
[ˋʌtɚlɪ]
adv. 完全地

換 **completely**
同 absolutely / perfectly / entirely
反 incompletely 不完整地
搭 totally and utterly 徹頭徹尾地

Mini test 1

★ 下列各個句子當中的劃線字意思最接近何者？

Q1. Mr. Smith tried several times and eventually achieved a breakthrough.
(A) a deadline
(B) an advance
(C) a storage
(D) a community

Q2. After the war, the supplies of food in that community are rather depleted.
(A) wealthy
(B) authentic
(C) reduced
(D) negative

Q3. The performer interpreted the character with great subtlety.
(A) expressed
(B) diagnosed
(C) treated
(D) discussed

Q4. The lawyer offered a persuasive argument.
(A) dramatic
(B) ongoing
(C) charming
(D) convincing

Q5. Protestors upset the conference by shouting.
(A) declined
(B) supported
(C) disturbed
(D) held

Q6. I want to have a compact computer that could be carried like a notebook.
(A) diminutive
(B) inflexible
(C) detailed
(D) economical

Q7. The kid exerted all his considerable charm to get his mother to agree.
(A) consumed
(B) applied
(C) accumulated
(D) collected

Q8. Mark interrupted Joyce while she was speaking.
(A) persuaded
(B) suggested
(C) cut off
(D) invited

Q9. The president's comments provoked a shocked reaction.
(A) incited
(B) plummeted
(C) downplayed
(D) eradicated

Q10. A group of young people swaggered around outside the school.
(A) walked
(B) strutted
(C) lived
(D) attended

Q11. He advocates higher salaries for elementary school teachers.
(A) confines
(B) continues
(C) opposes
(D) proposes

Q12. The smoker craved a cigarette.
(A) designed
(B) desired
(C) launched
(D) consumed

Q13. As the boy grew older, his mother had less influence and couldn't control him.
(A) application
(B) wisdom
(C) authority
(D) affluence

Q14. Ms. Smith is in the prime of life.
(A) influence
(B) wealth
(C) depression
(D) peak

Q15. After listening to his piano recital, I was stimulated to practice piano again.
(A) inspired
(B) demotivated
(C) discouraged
(D) surprised

Q16. The outdoor concert was held in brilliant sunshine.
(A) intelligent
(B) bright
(C) organized
(D) collaborative

Q17. Our goal is to enlighten the general public about the policy.
(A) devise
(B) achieve
(C) educate
(D) spur

Q18. Stockholders think the outlook for next year is gloomy.
(A) far-reaching
(B) depressing
(C) joyful
(D) beneficial

Q19. Archeologists considered it's a primitive bird from the dinosaur era.
(A) defective
(B) general
(C) ancient
(D) original

Q20. My parents are rigorous in their control of expenditures.
(A) exacting
(B) weak
(C) friendly
(D) speedy

Q21. Global warming affects every aspect of people's lives.
(A) business
(B) consideration
(C) facet
(D) strategy

Q22. Some flower seeds are dispersed by the wind.
(A) developed
(B) cultivated
(C) driven
(D) scattered

Q23. Some of those Japanese buildings are absolutely gorgeous.
(A) competitive
(B) magnificent
(C) advanced
(D) perplexing

Q24. My principal concern is the health of my children.
(A) convenient
(B) intelligent
(C) outstanding
(D) primary

Q25. The little boy was utterly unaware of his danger.
(A) completely
(B) partly
(C) independently
(D) quickly

Answer Key

Q1. (B)

譯 史密斯先生嘗試好幾次，最後終於有突破性進展了。

(A) 期限 (B) 進展
(C) 倉儲 (D) 社區

Q2. (C)

譯 戰爭之後，那社區的糧食補給都消耗殆盡。

(A) 富有的 (B) 真實的
(C) 降低的;減少的 (D) 負面的

Q3. (A)

譯 表演者把角色詮釋地淋漓盡致。

(A) 展現 (B) 診斷
(C) 對待 (D) 討論

Q4. (D)

譯 那律師提出具說服力的看法。

(A) 戲劇性的 (B) 持續的
(C) 迷人的 (D) 具說服力的

Q5. (C)

譯 抗議者以大聲叫喊來擾亂會議進行。

(A) 拒絕 (B) 支持
(C) 擾亂 (D) 舉辦

Q6. (A)

譯 我想要一台小型的電腦可以像筆記本一般攜帶。

(A) 小型的 (B) 沒彈性的
(C) 細節的 (D) 節約的

Q7. (B)

譯 那小孩使出渾身解數要求他媽媽同意。

(A) 消耗 (B) 使出
(C) 累積 (D) 收集

Q8. (C)

譯 馬克在喬依思演講時打斷她。

(A) 說服 (B) 建議
(C) 打斷 (D) 邀請

Q9. (A)

譯 那總統的發言引發了驚人的反應。

(A) 激起 (B) 驟降
(C) 貶低 (D) 消滅

Q10. (B)

譯 一群年輕人在學校外面大搖大擺地走來走去。

(A) 行走 (B) 闊步走
(C) 住在 (D) 出席

Q11. (D)

譯 他主張小學老師應加薪。

(A) 監禁 (B) 繼續
(C) 反對 (D) 提議

Q12. (B)

譯 那吸菸者菸癮犯了想抽一根菸。

(A) 設計 (B) 渴望
(C) 發表 (D) 消耗

Q13. (C)

譯 那男孩年紀漸長，他媽媽對他影響漸減，也不能控制他了。

(A) 應用 (B) 智慧
(C) 權威 (D) 富足

Q14. (D)

譯 史密斯小姐在人生的巔峰。

(A) 影響 (B) 財富
(C) 蕭條 (D) 頂峰

Q15. (A)

譯 他的鋼琴獨奏激起我想再度練琴的動力。

(A) 激勵 (B) 失去動機
(C) 氣餒 (D) 訝異

Q16. (B)

譯 戶外演唱會在金碧陽光下舉行。

(A) 聰明的 (B) 光亮的
(C) 有條理的 (D) 合作的

Q17. (C)

譯 我們的目標是要告知大眾此政策。

(A) 設計 (B) 達成
(C) 教育 (D) 激發

Q18. (B)

譯 股東認為明年前景堪慮。

(A) 影響深遠的 (B) 憂愁的
(C) 快樂的 (D) 有益的

Q19. (C)

譯 考古學家認為那是恐龍時期的一種原始鳥。

(A) 有缺陷的 (B) 一般的
(C) 遠古的 (D) 原本的

Q20. (A)

譯 我父母對花費的掌控非常嚴格。

(A) 要求精確的 (B) 軟弱的
(C) 友善的 (D) 快速的

Q21. (C)

譯 全球暖化影響到人們生活的各個層面。

(A) 商業 (B) 考量
(C) 層面 (D) 策略

Q22. (D)

譯 有些花的種子會被風傳播到他處。

(A) 發展 (B) 耕耘
(C) 驅使 (D) 散播

Q23. (B)

譯 那些日本建築的確是令人讚嘆。

(A) 好競爭的 (B) 極棒的
(C) 先進的 (D) 令人迷惑的

Q24. (D)

譯 我主要關心的是我孩子的健康。

(A) 方便的 (B) 聰明的
(C) 傑出的 (D) 主要的

Q25. (A)

譯 那小男孩完全沒察覺自己身處危險當中。

(A) 完全地 (B) 一部分地
(C) 獨立地 (D) 很快地

NOTES

本章單字之音檔收錄於第 06 軌

abruptly

[ə`brʌptlɪ]

adv. 突然地；意外地

- 換 **suddenly**
- 同 precipitously / unexpectedly / all of a sudden
- 反 slowly 緩慢地
- 搭 turn abruptly 突然轉身

affiliate

[ə`fɪlɪˌet]

v. 使關聯

- 換 **connect**
- 同 associate / link / pertain
- 搭 affiliate with 與……有密切關聯

aspire

[ə`spaɪr]

v. 追求；渴望

- 換 **desire**
- 同 yearn / strive / dream
- 反 dislike 不喜歡
- 搭 aspire to 渴求

budget

[`bʌdʒɪt]

n. 預算

- 換 **allocation**
- 同 allowance / financial plan / resources
- 反 debt 負債
- 搭 marketing budget 行銷預算

compile

[kəm`paɪl]

v. 匯整；編輯

- 換 **accumulate**
- 同 edit / compose / organize
- 反 disorder 使無秩序
- 搭 compile information 匯整資訊

conspicuous

[kən`spɪkjʊəs]

adj. 明顯的；顯而易見的

- 換 **noticeable**
- 同 prominent / apparent / evident
- 反 invisible 看不見的；無形的
- 搭 a conspicuous achievement 卓越的成就

credible

[ˋkrɛdəbl̩]

adj. 可信的

換 **believable**
同 conclusive / dependable / sincere
反 far-fetched 牽強的
搭 credible witness 可靠的證人

derive

[dɪˋraɪv]

v. 取得；得到；衍生

換 **gain**
同 acquire / collect / extract
反 forfeit 喪失
搭 derive from 衍生於……；源於……

disposable

[dɪˋspozəbl̩]

adj. 可丟的；可自由處理的

換 **removable**
同 trivial / unrequired / expendable
反 necessary 需要的；必要的
搭 disposable chopsticks 免洗筷

ecstasy

[ˋɛkstəsɪ]

n. 狂喜；出神；入迷

換 **delight**
同 frenzy / trance / elation
反 sorrow 悲哀；悲情
搭 ecstasy of joy 欣喜若狂

enmity

[ˋɛnmətɪ]

n. 敵意；仇視

換 **hatred**
同 bitterness / rancor / ill will
反 friendship 友情；友誼
搭 enmity against 與……不合

exotic

[ɪgˋzatɪk]

adj. 奇特的；外來的；異國的

換 **bizarre**
同 glamorous / peculiar / unusual
反 normal 一般的；普通的
搭 exotic birds 奇異的鳥類

floating
[ˋflotɪŋ]
adj. 漂浮的；流動的

- 換 **soaring**
- 同 hovering / sailing / wafting
- 反 sunk 沉落的
- 搭 a floating voter 中間選民

gradual
[ˋgrædʒuəl]
adj. 逐漸的；慢慢的；漸漸的

- 換 **progressive**
- 同 steady / step-by-step / gentle
- 反 abrupt 爆發的；突發的
- 搭 gradual development 逐漸發展的過程

immortal
[ɪˋmɔrtḷ]
adj. 不朽的；永世的；壯麗的

- 換 **glorious**
- 同 epic / eternal / everlasting
- 反 temporary 臨時的；暫時的
- 搭 immortal music 不朽的音樂

intimidate
[ɪnˋtɪmə͵det]
v. 威脅；恐嚇

- 換 **daunt**
- 同 frighten / scare / terrify
- 反 comfort 安慰；使寬慰
- 搭 intimidate someone into ... 脅迫某人做……

intrinsic
[ɪnˋtrɪnsɪk]
adj. 固有的；內在的

- 換 **innate**
- 同 ingrained / native / congenital
- 反 acquired 習得的
- 搭 intrinsic value 本身固有的價值

magnify
[ˋmægnə͵faɪ]
v. 放大；擴大

- 換 **inflate**
- 同 stretch / increase / expand
- 反 compress 壓縮
- 搭 magnify a picture 將照片放大

naught
[nɔt]
n. / adj. 無；不存在；無價值的

換 **nothing**
同 zero / useless / insignificant
反 worthy 有價值的
搭 come to naught 無結果

outwit
[aʊtˋwɪt]
v. 以智取勝；騙過

換 **figure out**
同 deceive / baffle / beat
反 lose 失敗

pinpoint
[ˋpɪn͵pɔɪnt]
v. / adj. 精準地點出；精確的

換 **identify precisely**
同 diagnose / locate / spot
反 inexact 不精確的
搭 pinpoint problems 點出問題

principle
[ˋprɪnsəpḷ]
n. 原理；原則；主義

換 **standard**
同 assumption / ethic / precept
反 exception 例外
搭 establish principles 建立原則

punctual
[ˋpʌŋktʃuəl]
adj. 準時的；精準的

換 **precise**
同 immediate / exact / prompt
反 tardy 延遲的
搭 a punctual person 準時的人

relic
[ˋrɛlɪk]
n. 遺物；殘片；遺留

換 **remains**
同 antique / remainder / fragment
搭 ancient relics 古代遺跡

rival

[ˋraɪvḷ]

n. 競爭對手；競爭者

換 **competitor**
同 challenger / opponent / adversary
反 associate 同事；夥伴
搭 chief rival 主要對手

size up

ph. 估計；評量

換 **evaluate**
同 appraise / assess / examine
搭 size someone up 打量某人

strenuous

[ˋstrɛnjuəs]

adj. 繁重的；費力的；熱烈的

換 **laborious**
同 arduous / active / energetic
反 effortless 不費力的
搭 a strenuous exercise 很費力的運動

swell

[swɛl]

v. 腫起；增大；誇大

換 **bloat**
同 enlarge / expand / fatten
反 shrink 縮水；縮小
搭 swell up 腫起

traumatic

[trəˋmætɪk]

adj. 創傷的；痛苦的

換 **heartbreaking**
同 shocking / disturbing / distressing
反 calming 安定的；安穩的
搭 a traumatic experience 痛苦的經驗

vacant

[ˋvekənt]

adj. 空的

換 **bare**
同 unoccupied / deserted / unfilled
反 full 滿的
搭 a vacant apartment 空的公寓

本章單字之音檔收錄於第 07 軌

abscond

[æb`skɑnd]

v. 脫逃；逃逸

- 換 **escape**
- 同 slip away / evade / elude
- 反 appear 出現
- 搭 abscond with the money 捲款潛逃

affliction

[ə`flɪkʃən]

n. 苦惱；痛苦；折磨

- 換 **hardship**
- 同 suffering / scourge / torment
- 反 blessing 祝福；好事
- 搭 a terrible affliction 極度的痛苦

assemble

[ə`sɛmbḷ]

v. 組裝；收集

- 換 **compile**
- 同 construct / manufacture / produce
- 反 disperse 分散
- 搭 assemble a computer 組裝電腦

bulk

[bʌlk]

n. 大量；大批

- 換 **mass**
- 同 quantity / volume / amount
- 搭 massive bulk 大量

complacent

[kəm`plesnt]

adj. 滿足的；自滿的；自鳴得意的

- 換 **pleased**
- 同 contented / confident / gratified
- 反 unsure 缺乏信心的；無把握的
- 搭 complacent attitude 沾沾自喜的態度

conspire

[kən`spaɪr]

v. 共謀；協力；同謀策劃

- 換 **collude**
- 同 plot / cooperate / connive
- 反 disagree 不同意
- 搭 conspire against 密謀反對

credulous

[ˋkrɛdʒuləs]

adj. 輕信的；易受騙的

- 換 **naïve**
- 同 accepting / unwary / born yesterday
- 反 untrusting 不信任的
- 搭 credulous rumors 易輕信的謠言

derogatory

[dɪˋrɑgə͵torɪ]

adj. 貶低的；輕視的

- 換 **offensive**
- 同 degrading / defamatory / demeaning
- 反 favorable 贊同的；稱讚的
- 搭 derogatory comments 輕視的言詞

disproportionate

[͵dɪsprəˋporʃənɪt]

adj. 不成比例的

- 換 **unreasonable**
- 同 unequal / inordinate / out of balance
- 反 reasonable 合理的
- 搭 a disproportionate share 不成比例的分配

effect

[ɪˋfɛkt]

n. 影響

- 換 **impact**
- 同 influence / validity / outcome
- 反 cause 起因
- 搭 evaluate the effect of something 評估影響

enormous

[ɪˋnɔrməs]

adj. 巨大的；龐大的

- 換 **very large**
- 同 vast / titanic / immense
- 反 miniature 小型的；微小的
- 搭 enormous benefit 極大的好處

expand

[ɪkˋspænd]

v. 展開；擴充；發展

- 換 **enlarge**
- 同 broaden / widen / increase
- 反 diminish 縮小；縮減
- 搭 expand the market 拓展市場

flourish

[ˋflɝɪʃ]

v. 繁榮；興旺；成功

- 換 **succeed**
- 同 bloom / develop / thrive
- 反 shrink 縮水；縮小
- 搭 His business is flourishing. 他生意興隆。

grant

[grænt]

v. 授予；給予

- 換 **supply**
- 同 provide / furnish / endow
- 反 refuse 拒絕
- 搭 grant rights 授予權利

immutable

[ɪˋmjutəbl̩]

adj. 不可變的

- 換 **fixed**
- 同 invariable / abiding / inflexible
- 反 variable 可變的
- 搭 immutable principles 不變的真理

ingenious

[ɪnˋdʒinjəs]

adj. 智巧的；巧妙的；精緻的

- 換 **resourceful**
- 同 creative / clever / skillful
- 反 foolish 愚昧的
- 搭 an ingenious plan 巧妙的計劃

intricate

[ˋɪntrəkɪt]

adj. 錯綜複雜的；精細的

- 換 **complicated**
- 同 elaborate / convoluted / sophisticated
- 反 obvious 明顯的
- 搭 an intricate problem 難解的問題

maintain

[menˋten]

v. 維持；保養

- 換 **sustain**
- 同 preserve / manage / cultivate
- 反 ignore 忽略；不管
- 搭 maintain one's health 維持健康

navigate
[ˋnævəˏget]
v. 操控；導航；引導

換 **cruise**
同 handle / guide / maneuver
反 get lost 迷失；迷路
搭 navigate a ship 為船隻導航

overall
[ˋovəˏɔl]
adj. 全部的；全面的；從頭到尾的

換 **complete**
同 general / comprehensive / global
反 incomplete 不完整的
搭 the overall situation 整體情勢

pioneer
[ˏpaɪəˋnɪr]
n. 拓荒者；先驅者；前鋒

換 **leader**
同 innovator / explorer / founder
反 follower 追隨者
搭 early pioneers 早期開拓者

prior to
ph. 在……之前；先前

換 **before**
同 ahead of / anterior to / in advance of
反 after 在……之後

purport
[pɜˋport]
v. 意指；意圖；表明

換 **imply**
同 claim / convey / indicate
反 deny 否認
搭 purport to 聲稱；標榜

relinquish
[rɪˋlɪŋkwɪʃ]
v. 放棄；撤出

換 **surrender**
同 abandon / drop out / abdicate
反 protect 保護
搭 relinquish to 交出；讓與

roam

[rom]

v. 閒逛；漫遊

換 **wander about**

同 stray / ramble / drift

反 go direct 直接；直行

搭 roam around 漫遊

skeptical

[ˋskɛptɪkl̩]

adj. 懷疑的

換 **doubtful**

同 dubious / questionable / uncertain

反 trusting 相信的；信任的

搭 skeptical about 對……存疑

stress

[strɛs]

n. 壓力；強調

換 **pressure**

同 tension / emphasis / strain

反 relaxation 放鬆

搭 lay stress on 著重於

symbolize

[ˋsɪmbl̩ˏaɪz]

v. 象徵

換 **denote**

同 represent / indicate / exhibit

搭 symbolize power 象徵權力

treatment

[ˋtritmənt]

n. 治療；對待；待遇

換 **medical care**

同 prescription / regimen / operation

搭 receive treatment 接受治療

vacate

[ˋveˏket]

v. 空出；撤出

換 **abandon**

同 relinquish / leave / quit

反 load 裝載；擺滿

搭 vacate an apartment 搬出公寓

本章單字之音檔收錄於第 08 軌

absence
[ˋæbsn̩s]
n. 缺乏；缺席

換 **unavailability**
同 lack / deficiency / scarcity
反 presence 出席；在場
搭 absence of mind 心不在焉

afford
[əˋford]
v. 提供；給予

換 **offer**
同 grant / provide / furnish
反 reject 拒絕
搭 can afford a new car 買得起新車

assess
[əˋsɛs]
v. 評估；評價

換 **estimate**
同 evaluate / gauge / judge
搭 assess achievement 評估成就

burrow
[ˋbɜo]
v. 挖通道；潛伏；挖地道

換 **tunnel**
同 excavate / scoop out / undermine
搭 burrow into a hole 躲入洞穴內

complement
[ˋkampləmənt]
v. 補充；補足；使完善

換 **complete**
同 achieve / integrate / accomplish
反 take away 減去
搭 complement to 與……互補

constant
[ˋkanstənt]
adj. 固定的；不變的；持續的

換 **unchanging**
同 consistent / unvarying / stable
反 broken 中斷的；不連續的
搭 constant pressure 長期的壓力

crisis
[ˋkraɪsɪs]
n. 危機

換 **critical situation**
同 deadlock / trouble / trauma
反 blessing 祝福；好事
搭 face a crisis 面對危機

descend
[dɪˋsɛnd]
v. 降落；下降

換 **plunge**
同 collapse / plummet / slide
反 ascend 登高；上升
搭 descend to 向下延伸至

disprove
[dɪsˋpruv]
v. 駁斥；反駁

換 **refute**
同 rebut / weaken / controvert
反 prove 證明
搭 disprove the theory 推翻理論

effective
[ɪˋfɛktɪv]
adj. 有效的

換 **successful**
同 effectual / impactful / efficient
反 useless 沒用的
搭 an effective strategy 有效的策略

enrich
[ɪnˋrɪtʃ]
v. 使富足；使豐富

換 **augment**
同 enhance / cultivate / refine
反 disgrace 貶黜；使蒙受恥辱
搭 enrich the soil 使土壤肥沃

expectancy
[ɪkˋspɛktənsɪ]
n. 期望；預期

換 **anticipation**
同 assurance / likelihood / outlook
反 distrust 不信任；懷疑
搭 life expectancy 壽命

fluctuation

[ˌflʌktʃuˋeʃən]

n. 振盪；波動；擺盪

- 換 **variation**
- 同 inconstancy / vacillation / change
- 反 constancy 穩定性
- 搭 price fluctuations 價格波動

graphically

[ˋgræfɪkḷɪ]

adv. 生動地；輪廓分明地

- 換 **vividly**
- 同 distinctly / strongly / perceptibly

impact

[ˋɪmpækt]

n. 影響；衝擊

- 換 **influence**
- 同 impression / brunt / imprint
- 反 unimportance 不重要性；沒作用
- 搭 evaluate the impact of something 評估影響

ingenuity

[ˌɪndʒəˋnuətɪ]

n. 足智多謀；精巧

- 換 **cleverness**
- 同 brilliance / wisdom / talent
- 反 inability 無能

intriguing

[ɪnˋtrigɪŋ]

adj. 吸引人的；有趣的

- 換 **fascinating**
- 同 appealing / exciting / stimulating
- 反 boring 無趣的
- 搭 intriguing questions 有趣的問題

mammoth

[ˋmæməθ]

adj. 巨大的

- 換 **immense**
- 同 gigantic / massive / tremendous
- 反 teeny 微小的
- 搭 a mammoth organization 龐大的組織

naysayer
[ˋneˏseɚ]
n. 唱反調的人

換 **cynic**
同 complainer / defeatist / downer
反 supporter 支持者

overcast
[ˋovɚˏkæst]
adj. 陰暗的；愁悶的

換 **dismal**
同 dull / dark / murky
反 bright 光亮的；光明的
搭 clear to overcast 晴轉多雲

pivotal
[ˋpɪvətl̩]
adj. 重要的

換 **critical**
同 crucial / important / vital
反 trivial 瑣碎的
搭 a pivotal role 重要的角色

priority
[praɪˋɔrətɪ]
n. 優先權

換 **first concern**
同 preference / supremacy / seniority
反 unimportance 無足輕重之事
搭 top priority 優先考慮之事

pursue
[pɚˋsu]
v. 追求；追逐

換 **chase**
同 follow / seek / trace
反 avoid 避開；避免
搭 pursue one's interests 追求興趣

reluctant
[rɪˋlʌktənt]
adj. 不情願的；不甘願的

換 **unwilling**
同 uncertain / hesitant / averse
反 willing 願意的
搭 reluctant to 不甘願做某事

roughly

[ˋrʌflɪ]

adv. 大約；大概

- 換 **approximately**
- 同 practically / pretty near / more or less
- 反 exactly 精確地
- 搭 roughly speaking 大抵來說

slant

[slænt]

v. 傾向；歪斜；偏向

- 換 **skew**
- 同 slope / bend / angle off
- 反 even 平分
- 搭 slant towards 向……歪斜

stretch

[strɛtʃ]

v. 延伸；拉長

- 換 **extend**
- 同 elongate / develop / lengthen
- 反 abbreviate 縮短；縮減
- 搭 stretch the rules 放寬規定；通融

sympathize

[ˋsɪmpə͵θaɪz]

v. 同情；體諒；憐憫

- 換 **be compassionate**
- 同 appreciate / understand / comfort
- 反 scorn 輕蔑；藐視
- 搭 sympathize with 同情；諒解

tremendous

[trɪˋmɛndəs]

adj. 巨大的；極大的；驚人的

- 換 **huge**
- 同 massive / overwhelming / fabulous
- 反 undersized 小尺寸的
- 搭 a tremendous achievement 偉大的成就

vacuous

[ˋvækjuəs]

adj. 茫然的；空泛的；無意義的

- 換 **empty**
- 同 shallow / drained / blank
- 反 overflowing 溢出的；擠滿的
- 搭 a vacuous mind 腦筋一片空白

本章單字之音檔收錄於第 09 軌

absorb

[əbˋsɔrb]

v. 吸收

- 換 **ingest**
- 同 take in / consume / soak up
- 反 eject 逐出
- 搭 absorb water 吸收水分

aftermath

[ˋæftɚˏmæθ]

n. 後果；餘波

- 換 **consequence**
- 同 outcome / backwash / chain reaction
- 反 origin 起因；源由
- 搭 endure the aftermath of something 承受後果

asset

[ˋæsɛt]

n. 財產；資產

- 換 **resource**
- 同 benefit / advantage / credit
- 反 disadvantage 損失；不利條件
- 搭 asset allocation 資產分配

bustling

[ˋbʌsḷɪŋ]

adj. 活躍的；熙攘的；奔忙的

- 換 **busy**
- 同 hustling / rushing / moving
- 反 slow 遲鈍的；緩慢的
- 搭 a bustling city 繁忙的都市

complete

[kəmˋplit]

adj. 完整的；全部的

- 換 **thorough**
- 同 all-round / plenary / on the whole
- 反 defective 有缺陷的
- 搭 a complete collection 完整的收藏

constraint

[kənˋstrent]

n. 約束；限制

- 換 **inhibition**
- 同 repression / control / restraint
- 反 freedom 自由
- 搭 budget constraint 預算限制

criteria
[kraɪˋtɪrɪə]
n. 標準；條件

換 **standard**
同 benchmark / touchstone / basis
搭 important criteria 重要的標準

describe
[dɪˋskraɪb]
v. 描述；描寫

換 **depict**
同 portray / define / express
搭 describe in detail 詳加描述

dispute
[dɪˋspjut]
v. 爭論；爭執

換 **argue**
同 debate / quarrel / contend
反 concede 承認；給予
搭 hotly dispute 激烈地爭辯

efficacy
[ˋɛfəkəsɪ]
n. 效力；功效

換 **competence**
同 capability / strength / capacity
反 failure 失敗
搭 assess the efficacy of something 評估功效

ensuing
[ɛnˋsjuɪŋ]
adj. 接二連三的；接踵發生的

換 **subsequent**
同 following / consequent / one after another
反 preceding 前面的；先前的
搭 in the ensuing months 接下來幾個月

expedition
[ˏɛkspəˋdɪʃən]
n. 探險

換 **journey**
同 excursion / outing / jaunt
反 hindrance 阻礙；障礙
搭 organize an expedition 規劃遠征

focus

[ˋfokəs]

v. 將焦點放在；專心於

換 **concentrate**
同 centralize / pinpoint / spotlight
反 scatter 分散
搭 focus attention on 將注意力放在……上

grasp

[græsp]

v. 抓牢；緊握；抱住

換 **clinch**
同 grab / grip / embrace
反 release 釋放；解放
搭 grasp the opportunity 抓住機會

impartial

[ɪmˋparʃəl]

adj. 客觀的

換 **unbiased**
同 fair / candid / equitable
反 biased 有偏見的
搭 an impartial judge 公正的法官

ingredient

[ɪnˋgridɪənt]

n. 組成部分；原料；要素

換 **additive**
同 element / factor / constituent
反 whole 整體
搭 mix the ingredients 混合原料

intrinsically

[ɪnˋtrɪnsɪkl̩ɪ]

adv. 本質地；真正地

換 **fundamentally**
同 basically / essentially / typically
反 additionally 額外地；多出地

mandatory

[ˋmændəˌtorɪ]

adj. 命令的；強制的

換 **required**
同 compulsory / essential / binding
反 unforced 不強迫的
搭 a mandatory policy 強制性的規範

nearly
[ˋnɪrlɪ]
adv. 幾乎；差不多

換 **approximately**
同 roughly / almost / practically
搭 nearly empty 幾乎空了

overcome
[ˏovɚˋkʌm]
v. 戰勝；擊敗

換 **defeat**
同 conquer / overpower / overwhelm
反 give in 放棄；拱手讓人
搭 overcome obstacles 戰勝困難

plausible
[ˋplɔzəbḷ]
adj. 可能的；可相信的；合理的

換 **believable**
同 reasonable / probable / possible
反 incredible 不可置信的
搭 plausible reasons 可能的原因

pristine
[prɪsˋtin]
adj. 純樸的；清新的；原始的

換 **pure**
同 unpolluted / untouched / stainless
反 stained 玷污的
搭 pristine condition 原始狀態

puzzling
[ˋpʌzḷɪŋ]
adj. 令人困惑的；費解的

換 **delusive**
同 enchanting / confusing / perplexing
反 informed 瞭解情況的
搭 puzzling remarks 難懂的言論

remains
[rɪˋmenz]
n. 剩餘；遺留

換 **residue**
同 remnant / vestige / remainder
反 whole 全部
搭 fossil remains 化石遺跡

rudimentary
[ˌrudəˋmɛntəri]
adj. 基本的；初步的

- 換 **basic**
- 同 elementary / primitive / immature
- 反 complex 複雜的
- 搭 rudimentary tools 早期的工具

slightly
[ˋslaɪtlɪ]
adv. 稍微地；輕微地

- 換 **marginally**
- 同 somewhat / lightly / a little
- 反 considerably 大量地；許多地
- 搭 increase slightly 小幅度地上升

strictly
[ˋstrɪktlɪ]
adv. 嚴厲地；嚴格地

- 換 **rigidly**
- 同 closely / rigorously / stringently
- 反 loosely 鬆散地
- 搭 strictly control 嚴格地控制

synopsis
[sɪˋnɑpsɪs]
n. 概要

- 換 **summary**
- 同 abstract / outline / recap
- 反 expansion 擴展

trend
[trɛnd]
n. 趨勢；走勢

- 換 **tendency**
- 同 drift / progression / inclination
- 搭 analyze trends 分析趨勢

vain
[ven]
adj. 無效的

- 換 **fruitless**
- 同 ineffective / without effect / futile
- 反 effectual 有效的
- 搭 vain hope 希望渺茫

本章單字之音檔收錄於第 10 軌

abstract
[ˋæbstrækt]
n. / *adj.* 摘要；抽象的

- 換 **abridgment**
- 同 synopsis / outline / summary
- 反 concrete ideas 具體概念
- 搭 abstract painting 抽象畫

agency
[ˋedʒənsɪ]
n. 動力；作用

- 換 **force**
- 同 power / operation / mechanism
- 搭 through the agency of someone 在某人的推動下

assist in
ph. 協助；幫忙

- 換 **help with**
- 同 lend a hand / stand up for / give a lift
- 反 damage 破壞

buttress
[ˋbʌtrɪs]
v. 支撐；扶持

- 換 **support**
- 同 reinforce / uphold / sustain
- 搭 The building is buttressed by 4 pillars. 此建築是以四根柱子支撐。

complex
[ˋkamplɛks]
adj. 複雜的；錯綜複雜的

- 換 **elaborate**
- 同 involved / intricate / tangled
- 反 simple 簡單的
- 搭 a complex design 複雜的設計

constrict
[kənˋstrɪkt]
v. 收緊；壓縮

- 換 **contract**
- 同 shrink / compress / cramp
- 反 expand 擴大
- 搭 constrict power 限制權力

critical
[ˋkrɪtɪkḷ]
adj. 嚴重的；危急的；重要的

換 **crucial**
同 desperate / acute / vital
反 unimportant 不重要的
搭 a critical moment 危急關頭

deservedly
[dɪˋzɝvɪdlɪ]
adv. 應得地；當之無愧地；理所當然地

換 **fittingly**
同 appropriately / correctly / fairly
反 unduly 過度地；過份地

disrupt
[dɪsˋrʌpt]
v. 使瓦解；擾亂；使分裂

換 **upset**
同 disorganize / disturb / rattle
反 soothe 安慰；使平靜
搭 disrupt systems 打亂系統

effort
[ˋɛfət]
n. 試圖；努力；嘗試

換 **attempt**
同 endeavor / resolution / aspiration
反 laziness 懶散
搭 contribute effort 貢獻力量

enthusiastic
[ɪn͵θjuzɪˋæstɪk]
adj. 熱心的；熱切的

換 **passionate**
同 anxious / ardent / keen
反 indifferent 冷淡的
搭 an enthusiastic audience 熱情的聽眾

expel
[ɪkˋspɛl]
v. 逐出

換 **drive away**
同 force out / discharge / remove
反 absorb 吸收；納入
搭 be expelled from school 被學校開除

fond

[fɑnd]

adj. 喜愛的；寵愛的

- 換 **adoring**
- 同 sentimental / tender / affectionate
- 反 hateful 可憎的
- 搭 fond memories 美好的回憶

gratify

[ˋgrætə͵faɪ]

v. 使滿足；使高興

- 換 **satisfy**
- 同 delight / please / content
- 反 disturb 打擾；擾亂
- 搭 gratify one's appetites 滿足某人的胃口

impasse

[ˋɪmpæs]

n. 死路；僵局

- 換 **deadlock**
- 同 standstill / stalemate / gridlock
- 反 agreement 同意；共識
- 搭 reach an impasse 進入死胡同

inhabit

[ɪnˋhæbɪt]

v. 居住

- 換 **dwell**
- 同 reside / occupy / settle
- 反 leave 離開

intrusive

[ɪnˋtrusɪv]

adj. 侵入的；闖入的；打擾的

- 換 **invasive**
- 同 noisy / obtrusive / interfering
- 反 leave alone 避免打擾
- 搭 intrusive lighting 刺眼的光線

maneuver

[məˋnuvɚ]

v. 操作；控制

- 換 **operate**
- 同 steer / manipulate / guide
- 反 neglect 忽視；不管
- 搭 maneuver into 巧妙地處理

negative

[ˋnɛgətɪv]

adj. 負面的

換 **pessimistic**
同 unfavorable / adverse / dissenting
反 positive 正面的；正向的
搭 negative emotions 負面情緒

overlie

[ˋovɚˋlaɪ]

v. 覆在……之上

換 **cover**
同 enfold / imbricate / wrap
反 uncover 揭露；揭開……蓋子；發現

pleasant

[ˋplɛzənt]

adj. 愉快的；和藹可親的

換 **agreeable**
同 amiable / affable / congenial
反 gloomy 陰暗的；陰沉的
搭 a pleasant experience 美好的經驗

privilege

[ˋprɪvḷɪdʒ]

n. 特權；優待；殊榮

換 **advantage**
同 authority / concession / allowance
反 disadvantage 劣勢
搭 special privileges 特殊待遇

quaint

[kwent]

adj. 古雅的；雅致的；古怪的

換 **old-fashioned**
同 curious / odd / bizarre
反 state-of-the-art 先進的
搭 a quaint house 精巧的房子

remarkable

[rɪˋmarkəbḷ]

adj. 非凡的；卓越的

換 **dramatic**
同 noteworthy / extraordinary / exceptional
反 average 一般的；普通的
搭 a remarkable performance 卓越的演出

rustic
[ˋrʌstɪk]
adj. 樸實的；樸素的

換 **austere**
同 simple / uncomplicated / primitive
反 polished 精煉的；優美的
搭 rustic charm 純樸的魅力

sloping
[ˋslopɪŋ]
adj. 傾斜的；有坡度的

換 **inclining**
同 tilted / leaning / slanted
反 vertical 垂直的

striking
[ˋstraɪkɪŋ]
adj. 引人注目的；突出的

換 **noticeable**
同 astonishing / dazzling / noteworthy
反 unshowy 不出鋒頭的
搭 a striking appearance 吸引人的外表

synthesize
[ˋsɪnθə͵saɪz]
v. 綜合；合成

換 **integrate**
同 combine / make whole / incorporate
反 divide 分開；分隔
搭 synthesize materials 將物質加以合成

trespass
[ˋtrɛspəs]
v. 冒犯；侵害；打擾

換 **intrude**
同 overstep / offend / poach
反 pardon 原諒；寬恕
搭 trespass on 打擾

validity
[vəˋlɪdətɪ]
n. 效力

換 **effectiveness**
同 lawfulness / soundness / legality
反 weakness 弱點；不足
搭 of questionable validity 正當性存疑

Mini test 2

★ 下列各個句子當中的劃線字意思最接近何者？

Q1. The experts took three years to <u>compile</u> that encyclopedia.
(A) apply
(B) assemble
(C) modify
(D) transfer

Q2. My father is one of those people who <u>derives</u> happiness from helping others.
(A) interviews
(B) communicates
(C) provides
(D) obtains

Q3. *Romeo and Juliet* is an <u>immortal</u> love story.
(A) passionate
(B) bold
(C) unfading
(D) arrogant

Q4. Please be <u>punctual</u> for your appointment.
(A) prompt
(B) affable
(C) considerate
(D) wise

Q5. The limbs of that tree <u>swell</u> to an enormous size.
(A) size up
(B) depend
(C) expand
(D) revise

Q6. Jack knows how to <u>assemble</u> a computer by himself.
(A) present
(B) construct
(C) modify
(D) transcribe

Q7. Kids get <u>enormous</u> pleasure from reading story books.
(A) childish
(B) simple
(C) vast
(D) desirable

Q8. The police officer <u>granted</u> the man permission to leave.
(A) prepared
(B) gave
(C) emphasized
(D) visualized

Q9. He has published a book that purports to reveal the whole truth.
(A) questions
(B) guarantees
(C) claims
(D) accomplishes

Q10. The fall of the Berlin Wall symbolized the end of the Cold War.
(A) delivered
(B) pledged
(C) negotiated
(D) represented

Q11. The test is designed to assess your potential rather than your academic performance.
(A) defame
(B) distort
(C) evaluate
(D) publish

Q12. Such a theory has been disproved by modern scientific research.
(A) invalidated
(B) strengthened
(C) appreciated
(D) announced

Q13. Investors expect the meeting to have a marked impact on the company's future.
(A) revenue
(B) strategy
(C) cause
(D) influence

Q14. Mr. Smith made a decision that was pivotal to our company's success.
(A) accurate
(B) critical
(C) reluctant
(D) unclear

Q15. To complete such an ambitious project requires a tremendous effort.
(A) concise
(B) humble
(C) massive
(D) minute

Q16. Our decision to abandon the research project was made because of budget constraints.
(A) services
(B) elements
(C) achievements
(D) limitations

Q17. The farmers disputed the ownership of the land for several years.
(A) organized
(B) argued about
(C) agreed
(D) decided

Q18. It is mandatory that we complete the training and pass the exam.
(A) compulsory
(B) unimportant
(C) effortless
(D) attractive

Q19. His report poses a number of puzzling questions.
(A) risky
(B) effective
(C) confusing
(D) passionate

Q20. These students have only a rudimentary knowledge of world history.
(A) senior
(B) basic
(C) complete
(D) thorough

Q21. We need to come up with effective ways to solve this complex problem.
(A) encouraging
(B) attractive
(C) complicated
(D) impartial

Q22. The good sales results gratify company investors.
(A) satisfy
(B) achieve
(C) arrange
(D) emphasize

Q23. Our members can enjoy special privileges.
(A) courses
(B) opportunities
(C) memories
(D) advantages

Q24. Your remarkable achievements really turn people's heads.
(A) outstanding
(B) easygoing
(C) stubborn
(D) perplexing

Q25. Some people want to challenge the validity of the vote.
(A) viewpoint
(B) consideration
(C) legality
(D) success

Answer Key

Q1. (B)

譯 專家們花了三年編撰那本百科全書。

(A) 應用 (B) 集結
(C) 修改 (D) 轉移

Q2. (D)

譯 我爸爸是由幫助別人得到快樂的人之一。

(A) 面談 (B) 溝通
(C) 提供 (D) 取得

Q3. (C)

譯 羅密歐與茱莉葉是不朽的愛情故事。

(A) 有熱情的 (B) 進取的
(C) 不褪色的 (D) 自負的

Q4. (A)

譯 請準時赴約。

(A) 及時的 (B) 和藹的
(C) 為人著想的 (D) 有智慧的

Q5. (C)

譯 那樹的枝幹腫得非常大。

(A) 評估 (B) 依靠
(C) 擴大 (D) 修改

Q6. (B)

譯 傑克知道如何自行組裝電腦。

(A) 呈現 (B) 建構
(C) 修改 (D) 抄寫

Q7. (C)

譯 小孩從唸故事書中得到很大的樂趣。

(A) 幼稚的 (B) 簡單的
(C) 大量的 (D) 喜愛的

Q8. (B)

譯 警官說那男子可以走了。

(A) 準備 (B) 給予
(C) 強調 (D) 視覺化

Q9. (C)

譯 他已出版一本書宣稱要揭露所有事實。

(A) 提問 (B) 保證
(C) 宣稱 (D) 達成

Q10. (D)

譯 柏林圍牆的倒塌象徵冷戰時期的結束。

(A) 傳送 (B) 承諾
(C) 談判 (D) 代表

Q11. (C)

譯 此測驗是設計來評估你的潛能，而非學業表現。

(A) 誹謗 (B) 扭曲
(C) 評估 (D) 出版

Q12. (A)

譯 此理論被現代的科學研究推翻了。

(A) 使無效 (B) 強化
(C) 感激 (D) 宣佈

Q13. (D)

譯 投資人期望此會議可對公司的未來產生些明顯的影響。

(A) 收入 (B) 策略
(C) 起因 (D) 影響

Q14. (B)

譯 史密斯先生做出了對公司成功有關鍵性影響的決定。

(A) 準確的 (B) 關鍵的
(C) 不甘願的 (D) 不清楚的

Q15. (C)

譯 要完成如此龐大的專案需要付出極大的努力。

(A) 簡明的 (B) 謙虛的
(C) 龐大的 (D) 微小的

Q16. (D)

譯 我們之所以會決定放棄調查計劃是因為預算短缺。

(A) 服務 (B) 元素
(C) 成就 (D) 限制

Q17. (B)

譯 農民針對土地所有權已爭執好幾年了。

(A) 組織 (B) 爭論
(C) 同意 (D) 決定

Q18. (A)

譯 我們要上完訓練課和通過考試是強制性的。

(A) 強制的 (B) 不重要的
(C) 不費力的 (D) 吸引人的

Q19. (C)

譯 他的報告中提及了幾個難解的問題。

(A) 有風險的 (B) 有效的
(C) 令人困惑的 (D) 有熱情的

Q20. (B)

譯 學生們對世界史僅有初步的認識。

(A) 年長的 (B) 基本的
(C) 完整的 (D) 徹底的

Q21. (C)

譯 我們要想出有效的辦法來解決此複雜的問題。

(A) 激勵的 (B) 吸引人的
(C) 複雜的 (D) 不偏不倚的

Q22. (A)

譯 優異的業績表現讓公司投資人感到很滿意。

(A) 使滿意 (B) 達成
(C) 安排 (D) 強調

Q23. (D)

譯 我們的會員可享有特殊的禮遇。

(A) 課程 (B) 機會
(C) 回憶 (D) 優惠

Q24. (A)

譯 你可圈可點的表現真是令人刮目相看。

(A) 傑出的 (B) 溫和的
(C) 固執的 (D) 令人迷惑的

Q25. (C)

譯 有些人質疑選舉的有效性。

(A) 觀點 (B) 思慮
(C) 合法性 (D) 成功

NOTES

本章單字之音檔收錄於第 11 軌

absurd

[əbˋsɝd]

adj. 荒謬的；可笑的；愚蠢的

- 換 **fatuous**
- 同 ridiculous / inane / laughable
- 反 practical 實際的
- 搭 an absurd idea 荒謬的意見

aggregate

[ˋægrɪˏget]

v. 聚集；匯整

- 換 **combine**
- 同 accumulate / assemble / collect
- 反 scatter 分散
- 搭 aggregate demands 整合需求

assistance

[əˋsɪstəns]

n. 協助；幫忙

- 換 **help**
- 同 aid / support / backing
- 反 hindrance 阻礙；障礙
- 搭 additional assistance 額外的協助

camouflage

[ˋkæməˏflɑʒ]

v. / *n.* 隱藏；喬裝；偽裝

- 換 **conceal**
- 同 disguise / obscure / becloud
- 反 expose 暴露
- 搭 camouflage clothing 偽裝服；迷彩裝

component

[kəmˋponənt]

n. 元素；成分；零件

- 換 **element**
- 同 factor / ingredient / segment
- 反 mass 大量；主要部分；整片
- 搭 component parts 零組件

consult

[kənˋsʌlt]

v. 請教；商量；諮詢

- 換 **confer**
- 同 discuss / brainstorm / question
- 反 ignore 忽略；不管
- 搭 consult with someone 商議；與某人交換意見

critically

[ˋkrɪtɪklɪ]

adv. 批判性地；苛求地

換 **strictly**
同 acutely / seriously / sharply
反 lightly 輕微地
搭 critically ill 病危

designate

[ˋdɛzɪg͵net]

v. 指出；指定

換 **indicate**
同 specify / label / appoint
反 reject 排斥；拒絕
搭 officially designate 官方指定

disruption

[dɪsˋrʌpʃən]

n. 分裂；崩潰；瓦解

換 **disturbance**
同 turmoil / disorder / agitation
反 organization 組織；系統；體制
搭 serious disruption 嚴重的分裂

elaborate

[ɪˋlæbərɪt]

v. 精心製造；詳盡描述

換 **further develop**
同 refine / amplify / expound
反 condense 濃縮；壓縮
搭 elaborate on 詳加描述

entice

[ɪnˋtaɪs]

v. 吸引；引誘

換 **allure**
同 tempt / tantalize / lure
反 turn off 澆熄
搭 entice people into the shop
吸引客戶上門

expenditure

[ɪkˋspɛndɪtʃɚ]

n. 支出；花費

換 **expense**
同 cost / disbursement / outlay
反 savings 存款
搭 living expenditure 生活支出

forbidden

[fɚˋbɪdn̩]

adj. 被禁止的

換 **prohibited**
同 banned / not allowed / taboo
反 approved 批准的；認可的
搭 forbidden fruit 禁果

gravity

[ˋgrævətɪ]

n. 重力

換 **heaviness**
同 weight / pressure / force
反 levity 輕浮；輕率
搭 center of gravity 重心

impeccable

[ɪmˋpɛkəbl̩]

adj. 無懈可擊的

換 **faultless**
同 perfect / correct / accurate
反 imperfect 不完美的
搭 an impeccable plan 無懈可擊的計劃

inherent

[ɪnˋhɪrənt]

adj. 內有的；與生俱來的

換 **deep-rooted**
同 innate / genetic / intrinsic
反 added 外加的；增添的
搭 inherent in 固有的

invaluable

[ɪnˋvæljəbl̩]

adj. 貴重的；無價的

換 **priceless**
同 valuable / beyond price / precious
反 worthless 沒價值的
搭 invaluable suggestions 無價的建議

manipulate

[məˋnɪpjə͵let]

v. 操作；操控

換 **control**
同 handle / wield / employ
反 idle 空轉；閒置
搭 manipulate the market 操控市場

neglect

[nɪgˋlɛkt]

v. 忽視；遺漏；不予理會

換 **fail to**
同 ignore / overlook / dismiss
反 recognize 認出；承認
搭 He neglected his work. 他怠忽職守。

overlook

[ˌovɚˋlʊk]

v. 忽視；忽略

換 **ignore**
同 neglect / disregard / omit
反 notice 察覺到；看到
搭 overlook the error 忽視錯誤之處

pledge

[plɛdʒ]

n. 承諾；允諾；答應

換 **promise**
同 assurance / agreement / guarantee
反 break 打破；毀壞
搭 an election pledge 選舉支票

proactive

[proˋæktɪv]

adj. 主動的；積極的

換 **spirited**
同 zealous / anxious / aggressive
反 incautious 輕率的
搭 proactive management 前瞻性管理

qualified

[ˋkwɑləˌfaɪd]

adj. 有資格的

換 **competent**
同 adequate / proficient / experienced
反 unskilled 無技能的；不擅長的
搭 a qualified candidate 合格的候選人

remedy

[ˋrɛmədɪ]

n. / *v.* 治療；改正

換 **cure**
同 relieve / restore / amend
反 harm 傷害
搭 remedy for 補救；糾正

sacred
[ˋsekrɪd]
adj. 神的；宗教的

- 換 **holy**
- 同 blessed / religious / spiritual
- 反 human 凡人的；人類的
- 搭 sacred music 宗教音樂

sluggish
[ˋslʌgɪʃ]
adj. 無精神的；不活躍的

- 換 **listless**
- 同 lethargic / inert / dormant
- 反 running 流動的
- 搭 a sluggish market 蕭條的市場

stringent
[ˋstrɪndʒənt]
adj. 嚴格的

- 換 **severe**
- 同 harsh / strict / forceful
- 反 easy-going 隨和的
- 搭 stringent control 嚴格的控制

tackle
[ˋtækḷ]
v. 處理；與……交涉

- 換 **work on**
- 同 undertake / engage in / deal with
- 反 dodge 閃躲
- 搭 tackle with 處理……之事

trigger
[trɪgɚ]
v. 引起；觸發；刺激；鼓舞

- 換 **cause**
- 同 stimulate / motivate / inspire
- 反 prevent 預防；防止
- 搭 trigger a reaction 引發反應

vanish
[ˋvænɪʃ]
v. 消失

- 換 **disappear**
- 同 dwindle away / evaporate / fade
- 反 solidify 使團結；使堅固
- 搭 vanish into thin air 消失得無影蹤

本章單字之音檔收錄於第 12 軌

abundance

[əˋbʌndəns]

n. 充分；充足；豐裕

- 換 **plenty**
- 同 affluence / bounty / prosperity
- 反 scarcity 缺乏
- 搭 great abundance 大量；充裕

aggressive

[əˋgrɛsɪv]

adj. 積極的；有攻擊傾向的

- 換 **belligerent**
- 同 assertive / destructive / advancing
- 反 laid-back 閒散的
- 搭 aggressive behavior 暴力行為

associated

[əˋsoʃɪˏetɪd]

adj. 聯合的；組合的；關聯的

- 換 **connected**
- 同 combined / related / joined
- 反 divided 分裂的
- 搭 an associated company 聯營公司

campaign

[kæmˋpen]

n. 戰役；活動

- 換 **operation**
- 同 warfare / offensive / movement
- 反 inaction 無行動；無作為
- 搭 marketing campaigns 行銷活動

compose

[kəmˋpoz]

v. 組成；作詞／曲；構圖

- 換 **constitute**
- 同 make up / construct / comprise
- 反 demolish 毀壞；拆除
- 搭 compose a song 寫一首歌

consume

[kənˋsjum]

v. 消耗；耗盡；花費

- 換 **use up**
- 同 devour / exhaust / spend
- 反 collect 聚集；積累
- 搭 consume energy 消耗精力

critique

[krɪˋtik]

n. 批判；評論

換 **judgment**

同 assessment / review / analysis

反 compliment 讚揚

搭 a radical critique 強烈的批評

desire

[dɪˋzaɪr]

v. 意欲；渴望

換 **yearn**

同 aspire / crave / covet

反 despise 鄙視；看不起

搭 desire to 要求；渴望

disseminate

[dɪˋsɛmə͵net]

v. 散播；宣傳

換 **distribute**

同 scatter / publish / disperse

反 gather 收集；積累

搭 disseminate ideas 宣傳觀點

elaboration

[ɪ͵læbəˋreʃən]

n. 詳細描述；細節

換 **explanation**

同 comment / discourse / illustration

反 silence 無聲；沉默

搭 further elaboration 更詳細的說明

entirely

[ɪnˋtaɪrlɪ]

adv. 完全地

換 **fully**

同 wholly / thoroughly / totally

反 partly 一部分地

搭 entirely different 全然不同

experiment

[ɪkˋspɛrəmənt]

v. 進行實驗；試用；試驗

換 **put to the test**

同 examine / assay / try out

反 disprove 證明為虛假

搭 experiment on 做……實驗

forceful
[ˋforsfəl]
adj. 有權勢的；有影響的

換 **powerful**
同 impressive / robust / vigorous
反 passive 被動的；消極的
搭 a forceful argument 具說服力的論點

grim
[grɪm]
adj. 嚴酷的；陰森的

換 **bleak**
同 hopeless / cruel / somber
反 bright 光亮的；光明的
搭 a grim expression 陰森的表情

impediment
[ɪmˋpɛdəmənt]
n. 妨礙；阻礙；障礙

換 **obstruction**
同 barrier / drawback / bottleneck
反 assistance 協助；幫忙
搭 a speech impediment 口吃

inherit
[ɪnˋhɛrɪt]
v. 繼承；獲得財產

換 **derive**
同 obtain / receive / acquire
反 fail 失去；缺乏；破產
搭 inherit money 繼承財產

investigate
[ɪnˋvɛstə͵get]
v. 調查；研究

換 **explore**
同 inquire / probe / prospect
反 overlook 忽視；忽略
搭 investigate into 對……展開調查

marked
[markt]
adj. 顯著的；受注意的

換 **considerable**
同 obvious / distinct / apparent
反 vague 模糊的；不明顯的
搭 marked improvement 顯著的進步

neglectful

[nɪgˋlɛktfəl]

adj. 疏忽的；鬆散的

換 **careless**
同 negligent / remiss / derelict
反 attentive 周到的
搭 neglectful of 不注意

overriding

[ˏovɚˋraɪdɪŋ]

adj. 首要的；壓倒一切的

換 **prevailing**
同 major / overruling / determining
反 unimportant 不重要的
搭 the overriding aim 主要目標

plug

[plʌg]

v. 塞；栓；堵

換 **fill up**
同 clog / pack / seal
反 open 開放
搭 plug into 插頭插入插座

probe

[prob]

v. 探測；檢查

換 **investigate**
同 explore / examine / verify
反 ignore 忽視；忽略
搭 probe into 調查；查究

quantifiable

[ˋkwɑntəˏfaɪəbḷ]

adj. 可計量的

換 **measurable**
同 calculable / computable / weighable
反 insignificant 無足輕重的
搭 not easily quantifiable 不易量化

reminisce

[ˏrɛməˋnɪs]

v. 追憶；回憶

換 **recollect**
同 look back / retrospect / retain
反 forget 遺忘
搭 reminisce about 對……緬懷

sacrifice

[ˋsækrə͵faɪs]

v. 犧牲；獻出

- 換 **give up**
- 同 forfeit / surrender / yield
- 反 increase 增強
- 搭 sacrifice for 為……犧牲

slump

[slʌmp]

v. / *n.* 降低；暴跌

- 換 **decline**
- 同 plummet / reduce / drop
- 反 ascent 上升；登高
- 搭 economic slump 經濟衰退

strive

[straɪv]

v. 努力

- 換 **endeavor**
- 同 struggle / make efforts / tackle
- 反 yield 退讓
- 搭 strive to 致力於

tactfully

[ˋtæktfəlɪ]

adv. 機智地；巧妙地

- 換 **masterfully**
- 同 smartly / gracefully / subtly
- 反 tactlessly 不機智地；不圓融地
- 搭 answer tactfully 巧妙地回答

triumphant

[traɪˋʌmfənt]

adj. 成功的；勝利的

- 換 **successful**
- 同 victorious / glorious / swaggering
- 反 failed 失敗的
- 搭 a triumphant smile 勝利的微笑

vapor

[ˋvepɚ]

n. 蒸氣

- 換 **steam**
- 同 fume / gas / mist
- 搭 poisonous vapor 有毒氣體

本章單字之音檔收錄於第 13 軌

abundant

[ə`bʌndənt]

adj. 足夠的；充足的

- 換 **plentiful**
- 同 generous / ample / sufficient
- 反 depleted 用盡的
- 搭 abundant evidence 充分的證據

agitate

[`ædʒə,tet]

v. 使激動；擾亂；鼓譟

- 換 **create movement in**
- 同 disturb / distract / fluster
- 反 soothe 安慰；使平靜
- 搭 agitate for 鼓動；煽動

assume

[ə`sjum]

v. 假定；以為

- 換 **suppose**
- 同 presume / postulate / imagine
- 反 discard 摒棄；拋棄
- 搭 immediately assume 馬上認為

candid

[`kændɪd]

adj. 坦白的；直率的

- 換 **frank**
- 同 outspoken / honest / objective
- 反 dishonest 不誠實的
- 搭 candid opinions 坦白的想法

composite

[kəm`pazɪt]

adj. 混合的

- 換 **mixed**
- 同 compound / melded / blended
- 反 uniform 相同的；一致的
- 搭 a composite picture 合成照片

consumption

[kən`sʌmpʃən]

n. 消費；使用；吃掉

- 換 **utilization**
- 同 depletion / wear and tear / expenditure
- 反 development 發展
- 搭 average consumption 平均消耗量

crucial
[ˋkruʃəl]
adj. 重要的；關鍵的

換 **important**
同 pivotal / high-priority / decisive
反 minor 次要的；不重要的
搭 the crucial point 關鍵要點

desolate
[ˋdɛsl̩ɪt]
adj. 荒蕪的；無人煙的

換 **deserted**
同 bare / isolated / dreary
反 restored 活力充沛的
搭 a desolate valley 無人煙的山谷

dissertation
[ˏdɪsɚˋteʃən]
n. 論文；學術演講

換 **discourse**
同 essay / thesis / commentary
搭 write a dissertation 寫論文

element
[ˋɛləmənt]
n. 要素；成分

換 **component**
同 constituent / ingredient / aspect
反 whole 全部；整體
搭 a heating element 電熱元件

entitle
[ɪnˋtaɪtl̩]
v. 賦予權力；授權

換 **give the right to**
同 allow / empower / authorize
反 disallow 不許；駁回
搭 entitle to 享有……權

expertise
[ˏɛkspɚˋtiz]
n. 專門技術

換 **knowledge**
同 proficiency / know-how / savvy
反 weakness 弱點；不足
搭 lack expertise 缺乏技術

foremost

[ˋfor͵most]

adj. 最先的；最重要的

- 換 **first in rank**
- 同 headmost / highest / leading
- 反 lowest 最低下的
- 搭 first and foremost 最首要的

grind

[graɪnd]

n. 苦差事

- 換 **tedious job**
- 同 toil / hard work / routine
- 反 pastime 消遣；娛樂
- 搭 daily grind 每日差事

impending

[ɪmˋpɛndɪŋ]

adj. 逼近的；將發生的

- 換 **imminent**
- 同 about to occur / approaching / likely to happen soon
- 反 never 從未
- 搭 an impending storm 逼近的暴風雨

inhibit

[ɪnˋhɪbɪt]

v. 禁止；約束；抑制

- 換 **restrict**
- 同 prevent / hinder / prohibit
- 反 encourage 鼓勵；激發
- 搭 inhibit development 阻礙發展

invoke

[ɪnˋvok]

v. 祈求；懇求

- 換 **call upon**
- 同 plead / appeal to / conjure
- 反 reply 回應
- 搭 invoke aid 請求援助

markedly

[ˋmarkɪdlɪ]

adv. 顯著地；明顯地

- 換 **noticeably**
- 同 evidently / greatly / to a great extent
- 反 insignificantly 無足輕重地
- 搭 markedly different 顯然不同

negotiate
[nɪˋgoʃɪˏet]
v. 協商；談判

換 **bargain**
同 arrange / discuss / debate
反 refuse 拒絕
搭 negotiate with 與……談判

oversee
[ˋovɚˋsi]
v. 監督；監視

換 **supervise**
同 manage / inspect / command
反 ignore 忽視；忽略
搭 oversee operation 監控運作

plummet
[ˋplʌmɪt]
v. 驟降

換 **collapse**
同 crash / decline / decrease
反 shoot up 急速上揚
搭 plummet sharply 急速下降

procedure
[prəˋsidʒɚ]
n. 程序；步驟

換 **process**
同 conduct / operation / scheme
反 inaction 無行動；無作為
搭 standard operating procedure 標準操作程序 (SOP)

queer
[kwɪr]
adj. 古怪的；可疑的

換 **unusual**
同 odd / irregular / weird
反 sensible 明智的；合情理的
搭 queer behavior 古怪的行為

remnant
[ˋrɛmnənt]
n. 殘餘；遺跡；零碎剩料

換 **fragment**
同 remains / residue / scrap
反 whole 全部；整體
搭 remnant of 剩餘；殘留

safeguard
[ˋsef͵gard]
v. 保護

換 **protect**
同 shield / secure / defend
反 attack 攻擊
搭 safeguard the rights 保障權利

snare
[snɛr]
v. 吸引；引誘

換 **attract**
同 entrap / lure / seize
反 liberate 使自由
搭 snare a rabbit 誘補兔子

structure
[ˋstrʌktʃɚ]
n. 結構

換 **arrangement**
同 complex / framework / system
反 disorganization 無章法
搭 design structure 設計結構

tangible
[ˋtændʒəbḷ]
adj. 有形的；實際的；可觸及的

換 **definite**
同 substantial / actual / concrete
反 impalpable 無形的；無法感知的
搭 tangible property 有形資產

trivial
[ˋtrɪvɪəl]
adj. 瑣碎的；細碎的

換 **small**
同 light / shallow / worthless
反 meaningful 有意義的
搭 trivial information 瑣碎的資訊

variable
[ˋvɛrɪəbḷ]
adj. 易變的

換 **changeable**
同 fluctuating / wavering / shifting
反 established 已確立的；已建立的
搭 variable rate 變動利率

本章單字之音檔收錄於第 14 軌

abundantly

[əˋbʌndəntlɪ]

adv. 充分地；豐富地

換 **plentifully**
同 lavishly / richly / affluently
反 poorly 不足地
搭 abundantly clear 相當清楚

aim

[em]

n. 目標

換 **ambition**
同 objective / goal / target
反 avoidance 迴避
搭 succeed in one's aim 達成目標

assumption

[əˋsʌmpʃən]

n. 假設；假定

換 **presumption**
同 presupposition / belief / hypothesis
反 proof 證實
搭 based on an assumption 根據推論

capacity

[kəˋpæsətɪ]

n. 能力

換 **competency**
同 talent / efficiency / readiness
反 inability 無能
搭 improve one's capacity 增進能力

compound

[ˋkɑmpaʊnd]

n. 複合物

換 **mixture**
同 combination / synthesis / union
反 division 分開；分割
搭 a compound noun 複合名詞

contain

[kənˋten]

v. 包括；包含

換 **include**
同 consist of / incorporate / enclose
反 exclude 排除；不包括
搭 contain alcohol 含酒精

crude
[krud]
adj. 粗糙的；天然的

換 **rough**
同 raw / vulgar / unrefined
反 delicate 精緻的
搭 crude oil 原油

despite
[dɪˋspaɪt]
prep. 不管；儘管；任憑

換 **even though**
同 although / in spite of / regardless of

dissolve
[dɪˋzalv]
v.（使）溶解；解散；消失

換 **cease**
同 melt / evaporate / vanish
反 integrate 整合
搭 dissolve a marriage 解除婚約

elicit
[ɪˋlɪsɪt]
v. 引出；誘出

換 **evoke**
同 extract / obtain / bring out
反 cover 掩蓋；隱藏
搭 elicit from 自……引出

envision
[ɪnˋvɪʒən]
v. 想像；展望

換 **conceive**
同 visualize / predict / fancy
反 look away 不看；別開頭不理會
搭 envision future 展望未來

explicit
[ɪkˋsplɪsɪt]
adj. 明確的；確定的

換 **clear**
同 definite / unambiguous / unequivocal
反 fuzzy 模糊的
搭 an explicit aim 明確的目標

forgery
[ˋfɔrdʒərɪ]
n. 偽造；贗品

換 **counterfeit item**
同 imitation / fabrication / fake
反 original 原作；真跡

groundbreaking
[ˋgraʊnd͵brekɪŋ]
adj. 破天荒的

換 **pioneering**
同 innovative / revolutionary / cutting-edge
反 conservative 保守的
搭 groundbreaking technology 創新科技

imperative
[ɪmˋpɛrətɪv]
adj. 必要的；緊急的；重要的

換 **compulsory**
同 necessary / essential / pressing
反 optional 選擇性的
搭 imperative gesture 命令的手勢

inhospitable
[ɪnˋhaspɪtəbḷ]
adj. 冷淡的；不友好的；不適居留的

換 **not suitable**
同 unfavorable / unwelcoming / unfriendly
反 friendly 友好的
搭 an inhospitable desert area 荒漠地帶

involved
[ɪnˋvalvd]
adj. 複雜的；錯綜複雜的

換 **intricate**
同 sophisticated / elaborate / complicated
反 simple 簡單的
搭 involved procedures 複雜的程序

marvelous
[ˋmarvələs]
adj. 了不起的；令人驚豔的

換 **extraordinary**
同 unbelievable / unimaginable / wonderful
反 normal 一般的；普通的
搭 a marvelous experience 奇特的經驗

neutral
[ˋnjutrəl]
adj. 中立的

換 **impartial**
同 indifferent / independent / fair-minded
反 biased 偏頗的
搭 a neutral position 中立的態度

overshadow
[͵ovəˋʃædo]
v. 遮暗；使失色

換 **outshine**
同 outweigh / make dim / darken
反 brighten 使發光
搭 completely overshadow 完全遮掩了光芒

plunge
[plʌndʒ]
v. 下降；下滑；驟降

換 **descend**
同 dive / tumble / sink
反 ascend 上升；登高
搭 plunge into 投入；跳入

proclaim
[prəˋklem]
v. 宣佈；聲明

換 **declare**
同 announce / indicate / publish
反 conceal 隱瞞
搭 proclaim independence 宣佈獨立

quest
[kwɛst]
n. 追尋

換 **pursuit**
同 exploration / adventure / probe
反 retreat 撤退；隱避
搭 the quest for knowledge 探索知識

render
[ˋrɛndə]
v. 給予；提供；交付

換 **provide**
同 contribute / furnish / supply
反 withhold 抑制；阻擋
搭 render assistance 提供援助

savvy

[ˋsævɪ]

adj. 機智的；有見識的

- 換 **smart**
- 同 wise / sharp / knowing
- 反 naïve 天真的；幼稚的
- 搭 tech-savvy 精通科技的

snugly

[ˋsnʌglɪ]

adv. 緊貼地；舒適地

- 換 **comfortably**
- 同 cozily / pleasantly / in comfort
- 反 uncomfortably 不舒服地
- 搭 fit snugly 剛好；緊貼

struggle

[ˋstrʌgl̩]

v. 奮鬥；努力；掙扎

- 換 **strive**
- 同 cope / tackle / endeavor
- 反 rest 休息；安定下來
- 搭 struggle with illness 對抗病魔

tear down

ph. 推倒；摧毀

- 換 **destroy**
- 同 raze / demolish / ruin
- 反 create 創造
- 搭 tear down a building 把樓拆掉

turbulent

[ˋtɝbjələnt]

adj. 動蕩的；混亂的；騷動的

- 換 **violent**
- 同 unmanageable / chaotic / disordered
- 反 peaceful 和平的
- 搭 a turbulent time 動蕩的時期

various

[ˋvɛrɪəs]

adj. 各式各樣的；多種的

- 換 **miscellaneous**
- 同 assorted / discrete / distinct
- 反 similar 類似的
- 搭 various activities 多變化的活動

本章單字之音檔收錄於第 15 軌

academic
[ˌækəˋdɛmɪk]
adj. 學術的；理論的；學究的

換 **scholarly**
同 collegiate / theoretical / educational
反 untaught 無知的
搭 academic pressure 課業壓力

alarming
[əˋlɑrmɪŋ]
adj. 令人擔憂的；告急的

換 **dangerous**
同 dreadful / distressing / disturbing
反 comforting 令人欣慰的
搭 alarming news 令人憂心的消息

assurance
[əˋʃurəns]
n. 保證；自信

換 **assertion**
同 affirmation / promise / word of honor
反 distrust 不信任；懷疑
搭 quality assurance 品質保證

capitalize
[ˋkæpətḷˌaɪz]
v. 利用；核定；估價

換 **exploit**
同 take advantage of / calculate / compute
搭 capitalize on something 利用某事物獲利

comprehend
[ˌkɑmprɪˋhɛnd]
v. 理解；瞭解

換 **figure out**
同 grasp / understand / decode
反 overlook 看漏；忽略
搭 fully comprehend 全然瞭解

contaminate
[kənˋtæməˌnet]
v. 污染；弄髒

換 **pollute**
同 litter / deteriorate / spoil
反 cleanse 清潔；清乾淨
搭 contaminate water 污染水源

crystallize

[ˋkrɪstḷˏaɪz]

v. 使成形；具體化

- 換 **become definite**
- 同 take form / take shape / become settled
- 搭 crystallize into 形成……型

despondent

[dɪˋspandənt]

adj. 沮喪的

- 換 **unhappy**
- 同 depressed / gloomy / dejected
- 反 cheerful 興高采烈的；情緒好的
- 搭 feel despondent 覺得沮喪

distant

[ˋdɪstənt]

adj. 遙遠的

- 換 **remote**
- 同 faraway / inaccessible / apart
- 反 adjacent 鄰近的；鄰邊的
- 搭 distant relatives 遠房親戚

eligible

[ˋɛlədʒəbḷ]

adj. 有資格的；合適的

- 換 **qualified**
- 同 suitable / desirable / fitted
- 反 unsuitable 不合適的
- 搭 eligible to vote 有投票資格

episode

[ˋɛpəˏsod]

n. 事件；插曲；片斷

- 換 **scene**
- 同 incident / event / matter
- 反 whole 全部；全貌
- 搭 final episode 尾聲；終曲

exploit

[ˋɛksplɔɪt]

v. 利用；開發

- 換 **utilize**
- 同 manipulate / exercise / employ
- 反 misuse 濫用；誤用
- 搭 exploit opportunities 開創機會

formidable
[fɔrˋmɪdəbḷ]
adj. 難以克服的；龐大的

換 **arduous**
同 awesome / impressive / powerful
反 trivial 瑣碎的
搭 a formidable obstacle 難以跨越的障礙

guarantee
[ˌgærənˋti]
v. 保障；擔保

換 **ensure**
同 pledge / secure / promise
反 invalidate 使無效；作廢
搭 guarantee against 保障免受損失

impervious
[ɪmˋpɝvɪəs]
adj. 不能滲透的；不受影響的

換 **immune**
同 resistant / unmoved / sealed
反 affected 受影響的
搭 impervious to criticism 不受批評所動

initiate
[ɪˋnɪʃɪˏet]
v. 初始；起步

換 **start**
同 introduce / commence / launch
反 finish 完成
搭 initiate discussion 引領／發起討論

ironic
[aɪˋrɑnɪk]
adj. 可笑的；諷刺的

換 **mocking**
同 satiric / sardonic / twisted
反 sincere 真誠的
搭 an ironic smile 冷笑

massive
[ˋmæsɪv]
adj. 大量的；巨大的；厚實的

換 **very large**
同 enormous / mammoth / substantial
反 narrow 窄的；小範圍的
搭 a massive investment 大量投資

nominal

[ˋnamənḷ]

adj. 名義上的；無足輕重的

換 **titular**
同 so-called / in name only / insignificant
反 significant 重大的
搭 a nominal fee 微不足道的小錢

oversight

[ˋovəˏsaɪt]

n. 失察；疏忽；遺漏

換 **inattention**
同 omission / neglect / blank
反 fulfillment 完成；履行；滿足
搭 simply an oversight 只不過是個疏忽

poach

[potʃ]

v. 侵入；竊取；挖走（人員）

換 **trespass**
同 steal / plunder / encroach
反 give 給予
搭 poach talents 挖角

procure

[proˋkjʊr]

v. 獲得

換 **obtain**
同 receive / gain / acquire
反 forfeit 喪失
搭 procure for 獲取

radiation

[ˏredɪˋeʃən]

n. 發光；發射；傳播；輻射

換 **emission**
同 broadcast / diffusion / dispersal
搭 microwave radiation 微波幅射

renewable

[rɪˋnjuəbḷ]

adj. 可更新的；可續行的

換 **viable**
同 sustainable / continuous / inexhaustible
反 unsustainable 不可持續發展的
搭 renewable energy 再生能源

scale
[skel]
n. 規模

換 **extent**
同 scope / system / range
反 disorder 混亂；無秩序
搭 on a large scale 大規模

soar
[sor]
v. 高升；高飛；飆高

換 **escalate**
同 shoot up / skyrocket / mount
反 plummet 驟降
搭 soar above 高高聳立

stunning
[ˋstʌnɪŋ]
adj. 令人震驚的；極好的

換 **spectacular**
同 striking / out of this world / ravishing
反 unattractive 不具吸引力的
搭 a stunning performance 了不起的表現

tedious
[ˋtidɪəs]
adj. 乏味的；令人厭煩的

換 **dreary**
同 dull / annoying / boring
反 engrossing 引人入勝的
搭 tedious tasks 一成不變的工作

turmoil
[ˋtɝmɔɪl]
n. 騷動；混亂

換 **disturbance**
同 violence / chaos / strife
反 peace 和平
搭 political turmoil 政治動盪

vary
[ˋvɛrɪ]
v. 改變；變化

換 **alter**
同 distort / revolutionize / shift
反 maintain 維持；保持原樣
搭 vary widely 變化極大

Mini test 3

★ 下列各個句子當中的劃線字意思最接近何者？

Q1. Many animal species have developed different ways to <u>camouflage</u> themselves.
(A) disguise
(B) illustrate
(C) present
(D) consult

Q2. They asked the presenter to <u>elaborate</u> on his proposal.
(A) exclude
(B) exaggerate
(C) expound
(D) entice

Q3. Jenny had <u>impeccable</u> taste in fashion.
(A) old-fashioned
(B) exquisite
(C) exciting
(D) alluring

Q4. They tried to <u>manipulate</u> stock prices.
(A) benefit
(B) interrupt
(C) influence
(D) announce

Q5. Some people worried that the incident might <u>trigger</u> the outbreak of a war.
(A) assist
(B) control
(C) complete
(D) cause

Q6. Mr. Jones is respected as a very competitive and <u>aggressive</u> executive.
(A) assertive
(B) warm
(C) negative
(D) humble

Q7. This new efficient refrigerator <u>consumes</u> 60% less electricity than the previous model.
(A) negotiate
(B) utilizes
(C) accumulate
(D) modify

Q8. Some experts are <u>investigating</u> the root cause of the explosion.
(A) operating
(B) developing
(C) researching
(D) organizing

Q9. Our overriding concern is to increase company profits.
(A) positive
(B) minor
(C) irrelevant
(D) number one

Q10. The boy strives to please his parents.
(A) promotes
(B) makes every effort
(C) designs
(D) arranges

Q11. During the rainy season, we receive an abundant supply of water.
(A) brilliant
(B) plentiful
(C) normal
(D) insufficient

Q12. In private, my supervisor gave me her candid opinion.
(A) extensive
(B) innermost
(C) complicated
(D) frank

Q13. He was one of the foremost doctors in the U.S.
(A) flexible
(B) leading
(C) lucrative
(D) diligent

Q14. Your responsibility is to oversee the production at the factory.
(A) compete
(B) supervise
(C) overlook
(D) estimate

Q15. Let's simply focus on the key issue instead of worrying about these trivial details.
(A) serious
(B) inspiring
(C) unimportant
(D) exceptional

Q16. The faulty program has failed to achieve its aim.
(A) development
(B) objective
(C) strategy
(D) process

Q17. Mr. Jones hoped that his presentation would elicit a positive response.
(A) advise
(B) visualize
(C) receive
(D) eliminate

Q18. He has a marvelous collection of rare and precious gems.
(A) competitive
(B) advanced
(C) obsolete
(D) fantastic

Q19. Stock prices plunged during the economic recession.
(A) increased
(B) tumbled
(C) fluctuated
(D) soared

Q20. Refugees are struggling to obtain freedom.
(A) resolving
(B) preventing
(C) controlling
(D) striving

Q21. We just cannot comprehend his real intention.
(A) enhance
(B) understand
(C) stimulate
(D) manage

Q22. All team members were truly despondent at their failure.
(A) impersonal
(B) optimistic
(C) discouraged
(D) pleased

Q23. Some countries plan to initiate a discussion on environmental issues.
(A) launch
(B) adjourn
(C) ignore
(D) handle

Q24. Our chief rival tried to poach our best employees.
(A) supply
(B) exploit
(C) steal
(D) borrow

Q25. During the fall, the temperature varies greatly throughout the day.
(A) changes
(B) stabilizes
(C) increases
(D) obtains

Answer Key

Q1. (A)

譯 很多物種都發展了不同的方式來偽裝自己。

(A) 隱藏　(B) 闡明
(C) 呈現　(D) 諮詢

Q2. (C)

譯 他們要求講者針對提議再進一步說明。

(A) 排除　(B) 誇大
(C) 詳加說明　(D) 誘使

Q3. (B)

譯 珍妮對流行有完美的品味。

(A) 老派的　(B) 精緻的
(C) 興奮的　(D) 吸引人的

Q4. (C)

譯 他們試圖操控股價。

(A) 有助益　(B) 打斷
(C) 影響　(D) 宣佈

Q5. (D)

譯 有些人擔憂此事件會引發戰爭。

(A) 協助　(B) 控制
(C) 完成　(D) 引起

Q6. (A)

譯 大家尊敬瓊斯先生是一位能力強又積極進取的領導者。

(A) 堅定自信的　(B) 溫暖的
(C) 負面的　(D) 謙虛的

Q7. (B)

譯 此新款高效率冰箱比前一款少消耗百分之六十的電力。

(A) 協商　(B) 使用
(C) 累積　(D) 修改

Q8. (C)

譯 一些專家正在研究爆炸的根本起因。

(A) 操作　(B) 發展
(C) 調查　(D) 組織

Q9. (D)

譯 我們主要關心的是要增加公司營收。

(A) 正面的　(B) 次要的
(C) 無相關的　(D) 首要的

Q10. (B)

譯 那男孩很努力要取悅他的父母。

(A) 宣傳　(B) 努力
(C) 設計　(D) 安排

Q11. (B)

譯 我們在雨季有充足的水可用。

(A) 聰慧的　(B) 很多的
(C) 正常的　(D) 不足的

Q12. (D)

譯 我老闆私底下跟我講她的直白想法。

(A) 廣大的　(B) 最深層的
(C) 複雜的　(D) 坦白的

Q13. (B)

譯 他是全美最頂尖的醫生之一。

(A) 有彈性的 (B) 領導的
(C) 有利可圖的 (D) 勤奮的

Q14. (B)

譯 你的責任是在工廠監看生產進度。

(A) 競爭 (B) 督導
(C) 忽視 (D) 評估

Q15. (C)

譯 讓我們就專注在關鍵點上就好，而非擔心這些無關緊要的細節。

(A) 嚴重的 (B) 激勵的
(C) 不重要的 (D) 優異的

Q16. (B)

譯 此項不良計劃導致目標無法達成。

(A) 發展 (B) 目標
(C) 策略 (D) 進展

Q17. (C)

譯 瓊斯先生希望他的演說能引出一些正面的回應。

(A) 建議 (B) 視覺化
(C) 領受 (D) 消除

Q18. (D)

譯 他擁有令人讚嘆的稀少又珍貴的珠寶收藏。

(A) 競爭激烈的 (B) 進階的
(C) 過時的 (D) 令人驚豔的

Q19. (B)

譯 經濟衰退時股價也暴跌。

(A) 上揚 (B) 暴跌
(C) 波動 (D) 飆高

Q20. (D)

譯 難民奮力掙扎著要獲得自由。

(A) 解決 (B) 預防
(C) 控制 (D) 奮鬥

Q21. (B)

譯 我們就是無法瞭解他的真正意圖。

(A) 增強 (B) 瞭解
(C) 激發 (D) 管理

Q22. (C)

譯 全體同仁都對失敗感到很沮喪。

(A) 沒人情味的 (B) 樂觀的
(C) 灰心的 (D) 高興的

Q23. (A)

譯 一些國家計劃要發起針對環保問題的討論會。

(A) 發起 (B) 休會
(C) 忽略 (D) 處理

Q24. (C)

譯 我們的主要對手試圖要挖角我方員工。

(A) 提供 (B) 利用
(C) 巧取；侵佔 (D) 借入

Q25. (A)

譯 在秋季一天內的氣溫多變化。

(A) 改變 (B) 使穩定
(C) 增加 (D) 取得

NOTES

本章單字之音檔收錄於第 16 軌

accelerate
[æk`sɛlə,ret]
v. 加速

換 **increase the speed**
同 advance / stimulate / quicken
反 cease 停止
搭 accelerate development 加速發展

albeit
[ɔl`biɪt]
conj. 儘管；雖然

換 **though**
同 although / even though / even if

assure
[ə`ʃur]
v. 確保；保證

換 **guarantee**
同 secure / confirm / nail down
反 dissuade 勸阻
搭 assure success 保證成功

captivate
[`kæptə,vet]
v. 迷惑

換 **enchant**
同 enthrall / attract / appeal
反 disappoint 使失望
搭 The actor captivated his audiences.
那演員迷倒所有觀眾。

comprehensive
[,kamprɪ`hɛnsɪv]
adj. 全面的；徹底的

換 **thorough**
同 complete / overall / extensive
反 limited 有限的
搭 comprehensive training 完整的訓練

contemplate
[`kantɛm,plet]
v. 沉思；思考

換 **consider**
同 meditate / deliberate / reflect
反 disregard 漠視；不管
搭 contemplate the possibility 思考可能性

cue
[kju]
n. 提示；暗號；信號

換 **hint**
同 suggestion / sign / clue
搭 cue card 提示板

destiny
[ˋdɛstənɪ]
n. 命運；天數

換 **prospect**
同 expectation / fate / future
反 theory 學說；理論
搭 control one's destiny 控制運命

distill
[dɪsˋtɪl]
v. 提取；精粹；提煉

換 **extract**
同 refine / condense / press out
反 pour 倒；灌；傾倒
搭 distill from 自……提煉出

eliminate
[ɪˋlɪmə͵net]
v. 消除；廢除；取消

換 **repeal**
同 revoke / rescind / cancel
反 establish 建立
搭 eliminate the risk 減少風險

equitable
[ˋɛkwɪtəbl̩]
adj. 公正的

換 **impartial**
同 unprejudiced / unbiased / just
反 unfair 不公平的
搭 equitable right 衡平法上的權利

explore
[ɪkˋsplor]
v. 探測；探險

換 **examine**
同 scrutinize / probe / scout
反 overlook 看漏；忽略
搭 explore the possibility 開拓可能性

formulate

[ˋfɔrmjə͵let]

v. 規劃；想出；有系統地說明

- 換 **develop**
- 同 prepare / devise / define
- 反 disorganize 混亂；使無秩序
- 搭 formulate ideas 闡明意見

halt

[hɔlt]

v. 暫停；中止

- 換 **adjourn**
- 同 deter / hamper / suspend
- 反 commence 開始
- 搭 temporarily halt 暫時停止

impetus

[ˋɪmpətəs]

n. 促進；刺激；推動

- 換 **incentive**
- 同 motivation / stimulus / impulse
- 反 block 阻礙
- 搭 major impetus 主要動力

initiative

[ɪˋnɪʃətɪv]

n. 首創；進取心；自發

- 換 **action**
- 同 leadership / vigor / ambition
- 反 idleness 閒散；安逸
- 搭 take the initiative 採取主動

irreconcilable

[ɪˋrɛkən͵saɪləbl̩]

adj. 不能和解的；對立的

- 換 **incompatible**
- 同 conflicting / uncompromising / inconsistent
- 反 flexible 有彈性的
- 搭 irreconcilable with 與……勢不兩立

match

[mætʃ]

v. 相配；相稱

- 換 **equal**
- 同 accord / be in tune / fit
- 反 clash 發生衝突
- 搭 match with 使相配

nonetheless
[ˌnʌnðəˋlɛs]
adv. 但是；仍然

換 **however**
同 nevertheless / still / although

overstate
[ˋovɚˋstet]
v. 誇大；誇張

換 **exaggerate**
同 inflate / boast / exalt
反 play down 貶低
搭 vastly overstate something 過度渲染某事

ponder
[ˋpandɚ]
v. 仔細考慮；反思；衡量

換 **consider**
同 contemplate / deliberate / evaluate
反 reject 拒絕
搭 ponder problems 思考問題點

produce
[prəˋdjus]
v. 製造；生產

換 **generate**
同 create / manufacture / build
反 destroy 破壞
搭 produce a film 製作電影

radically
[ˋrædɪklɪ]
adv. 激進地；徹底地；完全地

換 **completely**
同 thoroughly / wholly / entirely
反 traditionally 傳統地
搭 change radically 徹頭徹尾地改變

renovate
[ˋrɛnəˏvet]
v. 更新；修繕

換 **modernize**
同 remodel / revitalize / reform
反 damage 破壞
搭 renovate a house 翻修房屋

scanty

[ˋskæntɪ]

adj. 缺乏的；不足的

- 換 **insufficient**
- 同 meager / sparse / inadequate
- 反 ample 充足的
- 搭 scanty evidence 不充分的證據

solicit

[səˋlɪsɪt]

v. 懇請；祈求

- 換 **canvass**
- 同 require / demand / desire
- 反 force 強迫
- 搭 solicit votes（選舉）拉票

stupendous

[ˋstjuˋpɛndəs]

adj. 驚人的；了不起的；巨大的

- 換 **astonishing**
- 同 wonderful / enormous / gigantic
- 反 uninteresting 無趣的
- 搭 a stupendous waterfall 壯觀的瀑布

temperament

[ˋtɛmprəmənt]

n. 性情；性格

- 換 **attitude**
- 同 personality / ego / nature
- 搭 a romantic temperament 浪漫的氣質

tweak

[twik]

v. 捏；扭；微調

- 換 **adjust**
- 同 twist / pinch / pull
- 搭 tweak someone's ear 擰某人耳朵

vast

[væst]

adj. 巨大的；龐大的

- 換 **huge**
- 同 ample / enormous / gigantic
- 反 finite 有限的
- 搭 a vast distance 遙遠的距離

本章單字之音檔收錄於第 17 軌

accentuate
[æk`sɛntʃu,et]
v. 強調

換 **emphasize**
同 stress / highlight / place importance on
搭 accentuate differences 強調差異性

alibi
[`ælə,baɪ]
n. 藉口；託辭

換 **excuse**
同 explanation / fish story / reason
反 denial 否定；否認
搭 an airtight alibi 完美的不在場證明

assured
[ə`ʃurd]
adj. 確定的；經過證實的

換 **guaranteed**
同 certain / confirmed / surefire
反 uncertain 不確定的
搭 rest assured 確信無疑；放心

capture
[`kæptʃɚ]
v. 捕獲；佔領

換 **conquer**
同 seize / grab / occupy
反 release 釋放；解放
搭 capture attention 抓住注意力

compression
[kəm`prɛʃən]
n. 壓縮；擠壓

換 **condensation**
同 concentration / squeezing / confining
反 expansion 擴展
搭 data compression 資料壓縮

contemporary
[kən`tɛmpə,rɛrɪ]
adj. 現代的

換 **modern**
同 present / current / existing
反 old-fashioned 老舊的
搭 contemporary art 當代藝術

culminate in

ph. 達到最高點；告終

換 **reach a high point with**
同 climax / top off / conclude
反 commence 開始

destructive

[dɪˋstrʌktɪv]

adj. 破壞的；毀滅的；無幫助的

換 **devastating**
同 damaging / fatal / ruinous
反 beneficial 有助益的
搭 destructive power 毀滅的力量

distinct

[dɪˋstɪŋkt]

adj. 清楚的；明晰的

換 **luminous**
同 lucid / clear / bright
反 obscure 模糊的
搭 a distinct impression 清晰的印象

elimination

[ɪˏlɪməˋneʃən]

n. 排除；消除；消滅；淘汰

換 **destruction**
同 removal / rejection / exclusion
反 addition 增加；額外
搭 elimination of 除去；根除

equivalent

[ɪˋkwɪvələnt]

adj. 相等的；同等的；等值的

換 **comparable**
同 identical / correlative / parallel
反 different 不同的；相異的
搭 equivalent value 同等價值

expose

[ɪkˋspoz]

v. 揭露；曝光；暴露

換 **bring to light**
同 disclose / reveal / uncover
反 shield 掩蓋；保障；庇護
搭 expose to the sun 曝曬在陽光下

foster
[ˋfɔstɚ]
v. 促進；培養

換 **encourage**
同 support / cultivate / stimulate
反 discourage 使沮喪；使洩氣
搭 foster a relationship 促進關係

hamper
[ˋhæmpɚ]
v. 妨礙；約束；阻礙

換 **hinder**
同 impede / obstruct / cramp
反 assist 協助；幫忙
搭 hamper progress 妨礙進度

implement
[ˋɪmpləmənt]
n. 工具；器具；裝備

換 **tool**
同 appliance / instrument / apparatus
搭 farm implements 農具

innate
[ˋɪnˋet]
adj. 天生的

換 **inborn**
同 inherent / instinctive / natural
反 extrinsic 外在的；非本質的
搭 innate capacity 天生的能力

irreparable
[ɪˋrɛpərəbḷ]
adj. 不可修復的；不可彌補的

換 **irreplaceable**
同 irreversible / broken / cureless
反 fixable 可修理的
搭 irreparable damage 無法修復的傷害

maternal
[məˋtɝnḷ]
adj. 母親的；母性般的

換 **parental**
同 protective / motherly / sympathetic
反 paternal 父親的；父親般的
搭 maternal instinct 母性本能

norm
[nɔrm]
n. 基準；規範

換 **rule**
同 standard / regulation / model
反 extreme 極端
搭 social norms 社會規範

overwhelming
[͵ovəˋhwɛlmɪŋ]
adj. 勢不可擋的；壓倒性的

換 **powerful**
同 stunning / astounding / amazing
反 incidental 次要的；附帶的
搭 an overwhelming majority 壓倒性的多數

populate
[ˋpapjə͵let]
v. 居住

換 **inhabit**
同 occupy / colonize / settle
反 unpeople 使無人煙；沒人住
搭 densely populate 密集居住於

productive
[prəˋdʌktɪv]
adj. 有生產力的；有效的

換 **fruitful**
同 creative / advantageous / beneficial
反 barren 貧瘠的
搭 a productive meeting 高效率的會議

ramble
[ˋræmbḷ]
v. 漫步；閒逛

換 **amble**
同 wander / roam / stroll
反 march 進行；行軍
搭 ramble around 閒晃；散步

renown
[rɪˋnaʊn]
n. 名聲；名望

換 **fame**
同 glory / honor / reputation
反 anonymity 匿名；無名
搭 great renown 極富名望

scarcity

[ˋskɛrsətɪ]

n. 稀少；不足；蕭條

換 **deficiency**

同 inadequacy / shortage / rareness

反 plenty 富足；大量

搭 scarcity of workers 缺乏人手

solid

[ˋsɑlɪd]

adj. 實心的；充實的；牢固的

換 **sturdy**

同 reliable / decent / sound

反 wobbly 擺動的；不穩定的

搭 a solid achievement 紮實的成就

sturdy

[ˋstɜdɪ]

adj. 堅固的

換 **strong**

同 rugged / durable / solid

反 feeble 虛弱的；無力的

搭 sturdy shoes 耐穿的鞋子

temporary

[ˋtɛmpə,rɛrɪ]

adj. 臨時的；暫時的

換 **momentary**

同 short-lived / transient / passing

反 long-term 長期的；長遠的

搭 temporary certificate 臨時證明

typically

[ˋtɪpɪklɪ]

adv. 典型地；代表性地

換 **generally**

同 normally / routinely / customarily

反 abnormally 反常地；不規則地

vastly

[ˋvæstlɪ]

adv. 龐大地；巨大地

換 **greatly**

同 immensely / enormously / tremendously

反 little 少量地

搭 improve vastly 進步神速

本章單字之音檔收錄於第 18 軌

accessible
[æk`sɛsəbḷ]
adj. 可接近的；易取得的

換 **available**
同 handy / usable / obtainable
反 unhandy 不便的
搭 easily accessible 易親近的；易取得的

allegation
[͵ælə`geʃən]
n. 指控；斷言；主張

換 **affirmation**
同 declaration / accusation / claim
反 denial 否定；否認
搭 deny the allegation 反對指控

astonishing
[ə`stanɪʃɪŋ]
adj. 令人驚訝的；驚奇的

換 **incredible**
同 amazing / marvelous / startling
反 unimpressive 令人印象不深的
搭 astonishing speed 驚人的速度

catalyst
[`kætəlɪst]
n. 推動力；刺激；促進

換 **incentive**
同 impulse / force / incitement
反 prevention 預防
搭 act as a catalyst 當成催化劑

comprise
[kəm`praɪz]
v. 組成；構成；包括

換 **compose**
同 include / embrace / contain
反 ruin 破壞；損害
搭 the group comprises members of ...
此團體成員由……組成

contempt
[kən`tɛmpt]
n. 蔑視；丟臉

換 **disrespect**
同 antipathy / disregard / hatred
反 honor 榮譽；尊敬
搭 profound contempt 不屑一顧

cultivate
[ˋkʌltə͵vet]
v. 耕耘；培養；建立

換 **prepare**
同 develop / encourage / improve
反 abandon 丟棄；拋棄
搭 cultivate friendships 培養友誼

deter
[dɪˋtɝ]
v. 阻撓

換 **hinder**
同 impede / obstruct / avert
反 permit 允准
搭 deter from 使斷念

distinctive
[dɪˋstɪŋktɪv]
adj. 有特色的；特殊的

換 **characteristic**
同 unique / outstanding / extraordinary
反 ordinary 普通的；一般的
搭 distinctive features 特點

elucidate
[ɪˋlusə͵det]
v. 闡明

換 **explain**
同 expound / account for / shed light on
反 confuse 混淆；使困惑
搭 elucidate reasons 說明理由

eradicate
[ɪˋrædɪ͵ket]
v. 消除；根絕；消滅

換 **destroy**
同 abolish / wipe out / scratch
反 ratify 批准；認可
搭 eradicate crime 根絕犯罪

express
[ɪkˋsprɛs]
v. 表達；說明

換 **articulate**
同 communicate / voice / utter
反 mumble 含糊地說；咕噥
搭 express gratitude 表達感激之情

foul

[faʊl]

v. 弄髒；玷污

換 **pollute**
同 contaminate / make dirty / smudge
反 purify 使純淨
搭 foul the river 污染河川

harbor

[ˋharbɚ]

v. 心懷；懷有；藏匿

換 **conceal**
同 believe / fancy / imagine
反 forget 忘懷；忘卻
搭 harbor feelings 隱藏心事

implication

[ˏɪmpləˋkeʃən]

n. 含意；暗示

換 **association**
同 indication / connotation / hint
反 reality 現實；事實
搭 by implication 含蓄地

innermost

[ˋɪnɚˏmost]

adj. 內心深處的；最內部的

換 **deepest**
同 inmost / intimate / private
反 open 開放的
搭 innermost secrets 內心的秘密

irreversible

[ˏɪrəˋvɝsəbḷ]

adj. 不可逆的

換 **inevitable**
同 permanent / changeless / immutable
反 adjustable 可調整的；可修改的
搭 irreversible damage 無法挽回的傷害

maturity

[məˋtjurətɪ]

n. 成熟；完善

換 **full growth**
同 adulthood / advancement / prime of life
反 childhood 小時；孩提；不成熟
搭 grow to maturity 長大成熟

nostalgic
[nɑsˋtældʒɪk]
adj. 懷舊的；傷感的

換 **maudlin**
同 homesick / wistful / sentimental
反 forward-thinking 前瞻的
搭 take a nostalgic look 回顧

pale
[pel]
adj. 暗淡的；蒼白的

換 **lose significance**
同 dim / dull / faded
反 colorful 多彩的
搭 look pale 看起來臉色蒼白

portable
[ˋportəbl̩]
adj. 輕便的；手提的；適攜帶的

換 **compact**
同 convenient / handy / movable
反 immobile 不動的；固定的
搭 a portable computer 攜帶型電腦

proficient
[prəˋfɪʃənt]
adj. 精通的；熟練的

換 **accomplished**
同 adept / capable / efficient
反 inexpert 不熟練的；非專業的
搭 proficient at 對……詳熟

range
[rendʒ]
n. 範圍

換 **scope**
同 extent / field / span
反 part 一部分
搭 price range 價格範圍

repel
[rɪˋpɛl]
v. 擊退；抵制；排斥

換 **repulse**
同 drive off / rebut / confront
反 attract 吸引
搭 repel bad thoughts 撇除邪念

scatter
[ˋskætɚ]
v. 分散；使潰散

換 **distribute**
同 expend / scramble / spread
反 maintain 維持；保持原樣
搭 scatter around 分散四處

sophisticated
[səˋfɪstɪˏketɪd]
adj. 複雜的；精密的；精巧的

換 **complex**
同 advanced / delicate / intricate
反 plain 平凡的；簡樸的
搭 a sophisticated analysis 精密的分析

stutter
[ˋstʌtɚ]
v. 結巴說話；口吃

換 **stammer**
同 hesitate / stumble / sputter
反 continue 繼續；連續

tenable
[ˋtɛnəbḷ]
adj. 可維持的；正當的；合理的

換 **warrantable**
同 sound / rational / reasonable
反 irrational 不理性的；不正當的
搭 tenable for 可保持（一段時間）的

ubiquitous
[juˋbɪkwətəs]
adj. 無所不在的

換 **omnipresent**
同 pervasive / universal / everywhere
反 scarce 缺乏的；不足的
搭 a ubiquitous presence 隨處可見

vehemently
[ˋviəməntlɪ]
adv. 猛烈地

換 **ardently**
同 forcefully / intensely / boldly
反 lightly 輕微地
搭 vehemently deny 強烈地否認

本章單字之音檔收錄於第 19 軌

accidental

[ˌæksəˋdɛntḷ]

adj. 偶然的；意外的

- 換 **unintentional**
- 同 unexpected / random / unintended
- 反 expected 意料中的
- 搭 an accidental death 意外死亡

alleged

[əˋlɛdʒɪd]

adj. 被指控的；被說成的

- 換 **supposed**
- 同 purported / stated / described
- 反 certain 確定的
- 搭 the alleged culprit 被指控的罪犯

astounding

[əˋstaʊndɪŋ]

adj. 令人震驚的

- 換 **noticeable**
- 同 shocking / mind-blowing / amazing
- 反 normal 一般的
- 搭 astounding news 令人訝異的消息

catastrophe

[kəˋtæstrəfɪ]

n. 災害；災難

- 換 **disaster**
- 同 calamity / accident / mishap
- 反 good fortune 好運
- 搭 an environmental catastrophe 環境災害

compulsorily

[kəmˋpʌlsərɪlɪ]

adv. 強迫地；強制地

- 換 **by requirement**
- 同 forcibly / by force / imperatively
- 反 freely 自由地

contention

[kənˋtɛnʃən]

n. 爭辯；論點；主張

- 換 **debate**
- 同 argument / conflict / rivalry
- 反 accord 調和；一致
- 搭 a key point of contention 爭論的焦點

curb
[kɜb]
v. 控制；遏止

換 **restrict**
同 constrain / hamper / impede
反 permit 允准
搭 curb spending 限制開支

deteriorate
[dɪˋtɪrɪəˏret]
v. 惡化；品質下降；退化

換 **get worse**
同 decline / fall apart / undermine
反 improve 進步；增進
搭 deteriorate sharply 嚴重惡化

distinguish
[dɪˋstɪŋgwɪʃ]
v. 區別；辨認；識別

換 **categorize**
同 identify / recognize / figure out
反 overlook 忽視；忽略
搭 distinguish between 區分出

elude
[ɪˋlud]
v. 逃避

換 **escape**
同 avoid / evade / flee
反 confront 面對
搭 elude the police 躲避警察

erect
[ɪˋrɛkt]
v. 樹立；建立；設立

換 **build**
同 assemble / produce / establish
反 demolish 毀壞；拆除
搭 erect signs 立起標誌

extend
[ɪkˋstɛnd]
v. 延伸；擴大；延展

換 **lengthen**
同 enhance / enlarge / stretch
反 decrease 降低；減少
搭 extend the scope 擴大範圍

foundation

[faʊnˋdeʃən]

n. 基礎；基石

- 換 **groundwork**
- 同 infrastructure / support / bottom
- 反 exterior 外部；外來；表面
- 搭 a sound foundation 堅固的基礎

harmonize

[ˋharmə͵naɪz]

v. 協調；和諧

- 換 **adjust**
- 同 integrate / unify / coordinate
- 反 dispute 爭論；爭議
- 搭 harmonize with 與……協調

imply

[ɪmˋplaɪ]

v. 暗示；意指

- 換 **suggest**
- 同 insinuate / hint / signify
- 反 express 直述；闡述
- 搭 strongly imply 強烈暗示

innocuous

[ɪˋnakjʊəs]

adj. 無害的

- 換 **harmless**
- 同 painless / unoffending / bland
- 反 damaging 破壞的
- 搭 look innocuous 看似無害

irrigate

[ˋɪrə͵get]

v. 灌溉

- 換 **drench**
- 同 water / soak / spray
- 搭 irrigate crops 灌溉作物

meager

[ˋmigɚ]

adj. 不足的；貧乏的；粗劣的

- 換 **inadequate**
- 同 insufficient / mere / sparse
- 反 substantial 大量的
- 搭 meager resources 資源貧瘠

notably
[ˋnotəblɪ]
adv. 尤其；特別

換 **especially**
同 markedly / greatly / noticeably
反 generally 一般地
搭 notably high prices 高出很多的價格

paradox
[ˋpærə͵daks]
n. 自相矛盾的議論

換 **contradiction**
同 puzzle / enigma / oddity
反 consistency 一致性

portion
[ˋporʃən]
n. 一份；一客；一部分

換 **share**
同 piece / quantity / serving
反 total 總和；全部
搭 a significant portion 絕大部分

profound
[prəˋfaʊnd]
adj. 深切的；深刻的

換 **far-reaching**
同 extensive / thorough / intense
反 shallow 淺的；表面的
搭 a profound impact 深遠的影響

ratio
[ˋreʃo]
n. 比率

換 **proportion**
同 rate / scale / percentage
反 whole 全部；全數
搭 calculate the ratio 計算比率

replace
[rɪˋples]
v. 取代；替代；接替

換 **displace**
同 substitute / take over / supplant
反 remove 調動；移開；免職
搭 replace the battery 更換電池

scenario
[sɪˋnɛrɪˏo]
n. 情節；場景；方案

換 **situation**
同 plot / scheme / rundown
搭 a nightmare scenario 最壞的情況

sound
[saʊnd]
adj. 穩固的；健全的

換 **reasonable**
同 sturdy / stable / solid
反 defective 有缺陷的
搭 a sound investment 穩當的投資

subconscious
[sʌbˋkanʃəs]
adj. 潛意識的

換 **unconscious**
同 hidden / inmost / inner
反 outer 外在的
搭 a subconscious motive 下意識的動機

tendency
[ˋtɛndənsɪ]
n. 天分；趨勢；傾向

換 **leaning**
同 inclination / propensity / trend
反 disinterest 沒興趣
搭 show a tendency 展現出天分

ultimate
[ˋʌltəmɪt]
adj. 最後的；最終的

換 **conclusive**
同 eventual / terminal / extreme
反 initial 最初的；初始的
搭 the ultimate goal 終極目標

venerable
[ˋvɛnərəbḷ]
adj. 受尊敬的；德高望重的

換 **respected**
同 esteemed / stately / admirable
反 disgraceful 不名譽的
搭 a venerable scholar 可敬的學者

本章單字之音檔收錄於第 20 軌

acclimatize

[ə`klaɪmə,taɪz]

v. 使適應；使適合；改編

- 換 **adapt**
- 同 tailor / conform / adjust
- 反 disarrange 擾亂
- 搭 acclimatize to 適用於

allergy

[`æləʤɪ]

n. 過敏

- 換 **sensitivity**
- 同 aversion / hay fever / allergic reaction
- 搭 food allergy 食物過敏

at random

ph. 隨便；任意

- 換 **without a definite pattern**
- 同 by chance / in all directions / on occasion
- 反 systematically 有系統地

categorize

[`kætəgə,raɪz]

v. 分類

- 換 **classify**
- 同 sort / group / identify
- 反 scatter 分散
- 搭 categorize ... into ... 將……歸類為……

compulsory

[kəm`pʌlsərɪ]

adj. 強制的；強迫性的

- 換 **required**
- 同 imperative / forced / mandatory
- 反 optional 選擇性的
- 搭 a compulsory policy 強制的規範

context

[`kantɛkst]

n. 上下文；來龍去脈

- 換 **relation**
- 同 framework / background / situation
- 搭 historical context 歷史背景

current
[ˋkɜənt]
adj. 目前的；現有的；通用的

換 **present**
同 ongoing / general / modern
反 antiquated 古老的；古董的
搭 current situation 現況；現狀

determination
[dɪ,tɜməˋneʃən]
n. 決心

換 **resolution**
同 will / decision / verdict
反 indecision 優柔寡斷；遲疑不決
搭 sheer determination 堅定的決心

distort
[dɪsˋtɔrt]
v. 歪曲；扭曲；曲解

換 **misinterpret**
同 deform / twist / alter
反 be honest 誠實以告
搭 distort reality 扭曲真象

emaciate
[ɪˋmeʃɪ,et]
v. 使衰弱；使憔悴

換 **weaken**
同 trim / diminish / reduce
反 develop 發展
搭 be emaciated by illness 因病消瘦

erode
[ɪˋrod]
v. 腐蝕；侵蝕；磨損

換 **wear down**
同 corrode / destroy / consume
反 preserve 保育；保存
搭 gradually erode 逐漸地侵蝕

extensive
[ɪkˋstɛnsɪv]
adj. 廣大的；大規模的

換 **widespread**
同 far-reaching / expanded / large-scale
反 intensive 密集的
搭 extensive reading 廣讀

fracture

[ˋfræktʃɚ]

n. 破裂；裂痕；裂縫

換 **crack**
同 break / wound / split
反 solid 具體；穩固
搭 multiple fractures 多處骨折

harmony

[ˋharmənɪ]

n. 和睦；融洽；一致

換 **conformity**
同 goodwill / friendship / rapport
反 fighting 戰鬥；鬥爭
搭 in harmony with 與……協調一致

impose

[ɪmˋpoz]

v. 推行；強制實行

換 **force**
同 demand / charge / appoint
反 remove 移除
搭 impose on 加義務於

innovation

[ˌɪnəˋveʃən]

n. 革新；改革；創新

換 **alteration**
同 shift / cutting edge / leading edge
反 tradition 傳統
搭 a significant innovation 重大的改革

irritate

[ˋɪrəˌtet]

v. 激怒；使惱怒

換 **displease**
同 annoy / plague / aggravate
反 make happy 使快樂
搭 irritate the skin 使皮膚發炎

means

[minz]

n. 方法

換 **method**
同 way / vehicle / avenue
搭 means of communication 通訊方式

notify
[ˋnotəˏfaɪ]
v. 告知；通知

換 **inform**
同 announce / reveal / declare
反 keep secret 保守秘密
搭 notify someone of something
將某事告知某人

paradoxically
[ˏpærəˋdɑksɪkəlɪ]
adv. 矛盾地；反常地

換 **surprisingly**
同 abnormally / unusually / mistakenly
反 similarly 同樣地；相似地

pose
[poz]
v. 呈現；提出；擺出……姿勢

換 **present**
同 posture / act / make believe
反 refrain 忍住；節制
搭 pose an alternative concept
提出不同意見

progress
[ˋprɑgrɛs]
n. 前進；進步；進展

換 **momentum**
同 advancement / breakthrough / improvement
反 stagnation 停滯
搭 in progress 進行中

readily
[ˋrɛdəlɪ]
adv. 立即；容易地；樂意地

換 **easily**
同 effortlessly / no sweat / without difficulty
反 hardly 幾乎不
搭 accept readily 欣然接受

replicate
[ˋrɛplɪˏket]
v. 複製；使複現

換 **duplicate**
同 imitate / simulate / mirror
反 originate 原創；發明
搭 replicate a document 複製文件

scenic

[ˋsinɪk]

adj. 風景秀麗的；實景的；戲劇性的

換 **dramatic**
同 beautiful / grand / striking
反 dreary 乏味的
搭 scenic beauty 秀麗的美景

sovereign

[ˋsɑvrɪn]

n. 元首；統治者

換 **master**
同 chief / emperor / ruler
反 dependent 依賴之人；侍從
搭 a sovereign nation 君主國家

subsequent

[ˋsʌbsɪˏkwɛnt]

adj. 接二連三的；接踵發生的

換 **following in time**
同 ensuing / consequent / successive
反 prior 先前的；之前的
搭 subsequent to 繼……之後的

tension

[ˋtɛnʃən]

n. 張力；拉力；緊張

換 **agitation**
同 uneasiness / stress / strain
反 ease 和緩
搭 release tension 消除緊張

unaltered

[ʌnˋɔltɚd]

adj. 沒改變的；不變的

換 **unchanged**
同 unvarying / uniform / constant
反 varying 不同的；變化的
搭 one's appearance is unaltered 相貌絲毫未變

venture

[ˋvɛntʃɚ]

v. 冒險；大膽行事；打賭

換 **dare**
同 take a chance / wager / gamble
反 sure thing 當然；必然之事
搭 venture on 冒險行事

Mini test 4

★ 下列各個句子當中的劃線字意思最接近何者？

Q1. We need to contemplate the issue from different perspectives.
(A) assure
(B) emphasize
(C) ponder
(D) overlook

Q2. My manager requested me to distill the crucial points of the report.
(A) curtail
(B) announce
(C) spread
(D) extract

Q3. Let's explore the possibilities of expanding our market in Asia.
(A) reduce
(B) generate
(C) investigate
(D) squander

Q4. Please note that this drug is likely to produce some side-effects.
(A) arrange
(B) halt
(C) induce
(D) weaken

Q5. The child inherited a vast fortune from his father.
(A) trivial
(B) enormous
(C) previous
(D) tiny

Q6. You need to use a meaningful story to capture listeners' attention.
(A) dilute
(B) steal
(C) grab
(D) lose

Q7. There are distinct differences between the two reports.
(A) capable
(B) obvious
(C) vague
(D) efficient

Q8. Heavy snow hampered the flow of traffic.
(A) released
(B) improved
(C) impeded
(D) facilitated

Q9. The most productive meetings are ones where the objectives are clear.
(A) interesting
(B) relevant
(C) useless
(D) effective

Q10. He provided some solid evidence to back up his theory.
(A) reliable
(B) unstable
(C) friendly
(D) fancy

Q11. City Hall is easily accessible via public transportation.
(A) hidden
(B) reachable
(C) trustworthy
(D) far-off

Q12. Parents should encourage their children to cultivate a positive mental attitude.
(A) develop
(B) destroy
(C) shun
(D) perform

Q13. The boy tried to hide his innermost feelings.
(A) wealthy
(B) miserable
(C) pessimistic
(D) intimate

Q14. Most German people are also proficient in English.
(A) practical
(B) competent
(C) negative
(D) inept

Q15. Water and oil repel each other.
(A) combine
(B) attract
(C) resist
(D) assist

Q16. Parents should teach their children to distinguish between right and wrong.
(A) blend
(B) configure
(C) integrate
(D) tell apart

Q17. They have added two new models to extend their product line.
(A) combine
(B) diversify
(C) shorten
(D) abridge

Q18. Jenny's behavior has been notably different from usual.
(A) wrongly
(B) poorly
(C) greatly
(D) attentively

Q19. Nowadays people are experiencing the profound changes brought about by the Internet.
(A) extensive
(B) superficial
(C) careful
(D) minor

Q20. It's too early for us to predict the ultimate outcome.
(A) workable
(B) massive
(C) outstanding
(D) eventual

Q21. Compulsory education in that country lasts 12 years.
(A) Convenient
(B) Achievable
(C) Mandatory
(D) Optional

Q22. Nowadays some media channels tend to distort reality.
(A) correct
(B) present
(C) control
(D) twist

Q23. The boy's bad attitude really irritates me.
(A) snares
(B) bothers
(C) comforts
(D) modifies

Q24. We will never be able to replicate other people's success.
(A) accommodate
(B) reserve
(C) reminisce
(D) duplicate

Q25. Tensions between the two countries are likely to rise.
(A) Peacefulnesses
(B) Uneasiness
(C) Traditions
(D) Agreements

Answer Key

Q1. (C)

譯 我們要從不同角度來思考這個議題。

(A) 確認　(B) 強調
(C) 思索　(D) 忽略

Q2. (D)

譯 我老闆要我將此報告的要點擷取出來。

(A) 減少　(B) 宣佈
(C) 傳播　(D) 提取

Q3. (C)

譯 讓我們探索將市場拓展到亞洲的可能性。

(A) 降低　(B) 產生
(C) 調查　(D) 揮霍

Q4. (C)

譯 請注意此藥物有可能產生副作用。

(A) 安排　(B) 中止
(C) 引起　(D) 減弱

Q5. (B)

譯 那孩子自他父親那繼承到大筆財產。

(A) 瑣碎的　(B) 大量的
(C) 珍貴的　(D) 細小的

Q6. (C)

譯 你要用有意義的故事來抓住聽衆的注意。

(A) 稀釋　(B) 偷竊
(C) 抓住　(D) 失去

Q7. (B)

譯 這兩份報告有明顯的不同。

(A) 能夠的　(B) 明顯的
(C) 模糊的　(D) 有效率的

Q8. (C)

譯 大雪阻礙了交通行進。

(A) 釋出　(B) 進步
(C) 阻止　(D) 加速

Q9. (D)

譯 會議要有效那要先有明確想達成的目標。

(A) 有趣的　(B) 有關的
(C) 無用的　(D) 有效的

Q10. (A)

譯 他提出一些可靠的證據來支持他的論點。

(A) 可信賴的　(B) 不穩定的
(C) 友善的　(D) 奇特的

Q11. (B)

譯 搭大衆交通工具到市政府相當方便。

(A) 隱藏的　(B) 可達的
(C) 值得信賴的　(D) 很遠的

Q12. (A)

譯 父母應鼓勵小孩培養正面的態度。

(A) 發展　(B) 摧毀
(C) 避免　(D) 表現

Q13. (D)

譯 那男孩試著要隱藏內心最深層的情感。

(A) 有錢的 (B) 可悲的
(C) 悲觀的 (D) 內心的

Q14. (B)

譯 多數的德國人說英文也很流利。

(A) 實際的 (B) 有能力的
(C) 負面的 (D) 笨拙的

Q15. (C)

譯 水和油不會相溶。

(A) 混合 (B) 吸引
(C) 反抗 (D) 協助

Q16. (D)

譯 父母應教小孩明辨是非。

(A) 混合 (B) 設定
(C) 整合 (D) 分辨

Q17. (B)

譯 他們已增加兩款新型號以延伸產品線。

(A) 合併 (B) 使多樣化
(C) 縮短 (D) 精簡

Q18. (C)

譯 珍妮的行為和平常有明顯的不同。

(A) 錯誤地 (B) 貧乏地
(C) 很大地 (D) 周到地

Q19. (A)

譯 現今人們體驗到網際網路所帶來的巨大改變。

(A) 廣大的 (B) 膚淺的
(C) 仔細的 (D) 微小的

Q20. (D)

譯 現在要我們預期最終結果還言之過早。

(A) 可行的 (B) 大量的
(C) 傑出的 (D) 最後的

Q21. (C)

譯 在這國家的義務教育是十二年。

(A) 方便的 (B) 可達成的
(C) 強制的 (D) 可選擇的

Q22. (D)

譯 現今許多媒體往往都會扭曲事實。

(A) 修正 (B) 呈現
(C) 控制 (D) 扭曲

Q23. (B)

譯 那男孩的惡劣態度真的惹怒我了。

(A) 誘使 (B) 煩擾
(C) 安慰 (D) 修改

Q24. (D)

譯 我們不可能複製他人的成功。

(A) 容納 (B) 預訂
(C) 追憶 (D) 複製

Q25. (B)

譯 兩國之間的緊張氣氛將升高。

(A) 和平 (B) 不安
(C) 傳統 (D) 合約

NOTES

本章單字之音檔收錄於第 21 軌

accommodate

[ə`kɑmə,det]

v. 可容納……；提供……服務；適應

- 換 **settle**
- 同 arrange / serve / shelter
- 反 obstruct 阻塞；阻礙
- 搭 accommodate with 向……提供

alliance

[ə`laɪəns]

n. 結盟；同盟

- 換 **partnership**
- 同 affiliation / collaboration / league
- 反 discord 不和；爭吵
- 搭 in alliance with 與……結合

atmosphere

[`ætməs,fɪr]

n. 氣氛；氛圍；大氣

- 換 **ambience**
- 同 climate / mood / feeling
- 搭 a stress-free atmosphere 無壓力的氣氛

cautious

[`kɔʃəs]

adj. 小心的；謹慎的

- 換 **careful**
- 同 tentative / watchful / discreet
- 反 careless 不仔細的
- 搭 cautious about 對……謹慎

conceal

[kən`sil]

v. 隱藏；隱瞞

- 換 **disguise**
- 同 camouflage / cover up / lurk
- 反 uncover 揭露；揭開
- 搭 conceal feelings 隱藏內心情緒

contingency

[kən`tɪndʒənsɪ]

n. 偶然；可能性

- 換 **probability**
- 同 uncertainty / likelihood / possibility
- 反 unlikelihood 不太可能之事
- 搭 contingency fund 危急備用金

cursory

[ˋkɜsərɪ]

adj. 粗略的；大概的

- 換 **rough**
- 同 offhand / random / quick
- 反 detailed 細節的
- 搭 a cursory glance 匆匆一瞥

determine

[dɪˋtɜmɪn]

v. 確定；證實

- 換 **ascertain**
- 同 verify / certify / figure out
- 反 invalidate 使無效；證明錯誤
- 搭 determine to 決定

distract

[dɪˋstrækt]

v. 使分心；困擾；迷惑

- 換 **divert**
- 同 confuse / disturb / agitate
- 反 focus 使集中
- 搭 distract attention 分散注意力

embark on

ph. 著手；從事

- 換 **commence**
- 同 begin / set out / initiate
- 反 finish 完成
- 搭 embark on a new project 進行一個新計劃

erratic

[ɪˋrætɪk]

adj. 不穩定的；難以預測的

- 換 **unpredictable**
- 同 unreliable / abnormal / irregular
- 反 regular 規則的；規律的
- 搭 erratic behavior 乖戾的行為

extent

[ɪkˋstɛnt]

n. 範圍；程度

- 換 **scope**
- 同 range / measure / degree
- 搭 to a certain extent 達到一定程度

fragile

[ˋfrædʒəl]

adj. 易碎的；柔弱的

換 **delicate**
同 weak / breakable / easily broken
反 strong 強壯的
搭 fragile china 易碎的瓷器

harness

[ˋharnɪs]

v. 利用；控制；處理

換 **utilize**
同 exploit / tackle / control
反 release 釋放；解放
搭 harness resources 掌控資源

impromptu

[ɪmˋpramptju]

adj. 即興的；即席的

換 **improvised**
同 unprepared / unrehearsed / offhand
反 planned 規劃好的
搭 an impromptu press conference 臨時的記者會

innumerable

[ɪˋnjumərəbl̩]

adj. 無數的；數不清的

換 **countless**
同 untold / infinite / uncountable
反 countable 可數的；算得出的
搭 innumerable troubles 無數的煩惱

isolation

[ˌaɪsl̩ˋeʃən]

n. 分離；孤獨

換 **separation**
同 solitude / privacy / retreat
反 attachment 依附；依戀
搭 isolation ward 隔離病房

measure

[ˋmɛʒɚ]

v. 測量；計量

換 **calculate**
同 gauge / count / quantify
反 guess 猜測
搭 measure the distance 測量距離

notion
[ˋnoʃən]
n. 概念；見解

換 **idea**
同 belief / concept / impression
反 misunderstanding 誤解
搭 traditional notion 傳統觀念

parallel
[ˋpærəˏlɛl]
adj. 平行的；相同的

換 **aligned**
同 similar / comparable / complementary
反 dissimilar 不同的；不像的
搭 in parallel with 與某事並行

positively
[ˋpazətɪvlɪ]
adv. 正面地；確實；肯定地

換 **certainly**
同 undoubtedly / doubtless / assuredly
反 adversely 負面地；不利地
搭 react positively 反應良好

progressive
[prəˋgrɛsɪv]
adj. 逐漸的；前進的

換 **increasing**
同 gradual / forward-looking / developing
反 backward 向後的；退後的
搭 progressive development 慢慢的發展

realistic
[rɪəˋlɪstɪk]
adj. 務實的；理性的；逼真的

換 **down-to-earth**
同 prudent / rational / reasonable
反 impractical 不切實際的
搭 realistic expectations 切實的期望

represent
[ˏrɛprɪˋzɛnt]
v. 描繪；表現；代表

換 **symbolize**
同 serve as / exemplify / express
搭 represent peace 象徵和平

scent

[sɛnt]

n. 氣味；香味

- 換 **odor**
- 同 fragrance / aroma / perfume
- 反 stink 臭味
- 搭 a strong scent 強烈的氣味

sparsely

[ˋsparslɪ]

adv. 稀疏地；不足地；貧乏地

- 換 **thinly**
- 同 slightly / moderately / faintly
- 反 abundantly 充分地
- 搭 sparsely populated 人口稀少

subsidize

[ˋsʌbsəˌdaɪz]

v. 資助；補助

- 換 **assist**
- 同 lend a hand / aid / help to support
- 反 defund 不贊助
- 搭 heavily subsidize 大量地資助

term

[tɝm]

v. 把……叫作；將……稱為

- 換 **call**
- 同 describe / name / entitle
- 搭 term ... as 視……為；稱……為

unanimous

[jʊˋnænəməs]

adj. 全體一致的

- 換 **consistent**
- 同 united / communal / accordant
- 反 divided 分歧的
- 搭 unanimous agreement 一致同意

verge

[vɝdʒ]

n. 邊緣

- 換 **brink**
- 同 edge / fringe / boundary
- 反 middle 中間；中心
- 搭 bring to the verge of 帶到……邊緣

本章單字之音檔收錄於第 22 軌

accompany

[ə`kʌmpənɪ]

v. 伴隨；陪同

換 **associate with**

同 escort / follow / come along

反 abandon 丟棄；拋棄

搭 accompany someone on a journey
陪某人一同前往（行程）

allusion

[ə`luʒən]

n. 暗示；間接提到；提及

換 **reference**

同 hint / connotation / implication

搭 a classical allusion 典故

attain

[ə`ten]

v. 達到；獲得

換 **achieve**

同 accomplish / acquire / realize

反 give up 放棄

搭 attain a degree 取得學位

cease

[sis]

v. 停止；結束

換 **stop by force**

同 conclude / refrain / terminate

反 continue 繼續

搭 cease all operations
停止所有營運活動

concede

[kən`sid]

v. 承認；讓步

換 **admit**

同 acknowledge / give in / hand over

反 dispute 爭論；爭議

搭 finally concede 最後還是讓步

continuous

[kən`tɪnjuəs]

adj. 繼續的；不斷的

換 **unending**

同 extended / consecutive / everlasting

反 broken 中斷的；不連續的

搭 continuous improvement 持續進步

daunting
[ˋdɔntɪŋ]
adj. 可怕的；令人氣餒的

換 **intimidating**
同 horrifying / terrifying / frightening
反 pleasing 愉悅的
搭 a daunting task 艱鉅的使命

deterrent
[dɪˋtɝənt]
n. 威嚇；制止物

換 **hindrance**
同 obstacle / restraint / impediment
反 assistance 協助；幫忙
搭 an effective deterrent 有效的威嚇作用

distraction
[dɪˋstrækʃən]
n. 心煩意亂；使分心之事物

換 **interruption**
同 interference / diversion / disorder
反 peace 寧靜
搭 drive someone to distraction
使某人焦躁不安

embarrassed
[ɪmˋbærəst]
adj. 感到困窘的

換 **ashamed**
同 disgraced / humiliated / dishonored
反 composed 鎮靜的；沉著的
搭 an embarrassed silence
尷尬的沉默氣氛

erroneous
[ɪˋronɪəs]
adj. 錯誤的

換 **fallacious**
同 mistaken / incorrect / inaccurate
反 genuine 真正的；真實的
搭 an erroneous impression 錯誤的印象

extinction
[ɪkˋstɪŋkʃən]
n. 滅絕；消滅

換 **dying out**
同 destruction / elimination / end of life
反 construction 建造；架設
搭 lead to extinction 導致滅絕

fragment
[ˋfrægmənt]
n. 碎片；破片

換 **segment**
同 portion / chunk / remnant
反 total 總和；全部
搭 tiny fragments 小碎片

harvest
[ˋharvɪst]
v. 收成

換 **reap**
同 gather / pick / hoard
反 source 開源
搭 harvest crops 收成農作物

impulse
[ˋɪmpʌls]
n. 衝動；一時念頭；刺激

換 **drive**
同 impetus / motive / stimulus
反 discouragement 洩氣；心灰意冷
搭 impulse purchase 衝動購物

inscribe
[ɪnˋskraɪb]
v. 銘記；在……上雕刻

換 **imprint**
同 carve / engrave / impress
反 forget 忘卻
搭 inscribe on 在……上刻印

itinerary
[aɪˋtɪnə͵rɛrɪ]
n. 旅途；路線

換 **journey**
同 route / path / tour
搭 an itinerary map 路線圖

mechanism
[ˋmɛkə͵nɪzəm]
n. 辦法；途徑；技巧

換 **means**
同 instrument / method / technique
搭 alternative mechanism 替代作法

notorious
[no`torɪəs]
adj. 聲名狼藉的

換 **infamous**
同 disreputable / shameful / wicked
反 unknown 無名的
搭 notorious criminals 惡名昭彰的罪犯

paralyze
[`pærə,laɪz]
v. 癱瘓；使麻痺

換 **disable**
同 immobilize / cripple / freeze
反 energize 供給能量
搭 paralyze with 使驚呆

possession
[pə`zɛʃən]
n. 財產；擁有物

換 **ownership**
同 property / occupancy / assets
反 lack 缺乏
搭 take possession of 佔領；佔有

progressively
[prə`grɛsɪvlɪ]
adv. 逐漸地；日益增加地

換 **increasingly**
同 constantly / bit by bit / steadily
反 hurriedly 倉促地；草率地；匆忙地
搭 increase progressively 日漸增長

realm
[rɛlm]
n. 領域

換 **domain**
同 field / territory / neighborhood
搭 the realm of foreign affairs 外交領域

reproduce
[,riprə`djus]
v. 繁殖；再生；複製

換 **clone**
同 emulate / portray / recreate
反 abort 中止；使中途失敗
搭 reproduce the image 複製影像

scheme
[skim]
n. 計劃；方案；系統

換 **blueprint**
同 arrangement / game plan / strategy
反 disorder 混亂；無秩序
搭 a grand scheme 大計劃；大陰謀

spawn
[spɔn]
v. 產生；釀成；造成

換 **originate**
同 produce / generate / create
反 destroy 破壞
搭 spawn rumors 引發謠言

substance
[ˋsʌbstəns]
n. 物質；內容；材料

換 **essence**
同 content / material / matter
反 nothing 無物；微不足道
搭 a chemical substance 化學物質

terminate
[ˋtɜməˏnet]
v. 終結

換 **conclude**
同 adjourn / dissolve / stop
反 commence 開始
搭 terminate the agreement 終止合約

unanticipated
[ˏʌnænˋtɪsɪˏpetɪd]
adj. 無預期的；沒料到的

換 **abrupt**
同 sudden / unforeseen / unpredicted
反 expected 意料中的
搭 unanticipated guests 不請自來之客

verifiable
[ˏvɛrəˋfaɪəbḷ]
adj. 可驗證的

換 **provable**
同 valid / testable / confirmable
反 invalid 無效的
搭 a verifiable fact 可查證的事實

本章單字之音檔收錄於第 23 軌

accomplish
[ə`kamplɪʃ]
v. 達成

換 **achieve**
同 realize / carry out / manage
反 destroy 破壞
搭 accomplish goals 達成目標

alteration
[ˌɔltə`reʃən]
n. 變更；改變；修改

換 **change**
同 variation / adjustment / adaptation
反 sameness 相同；一致
搭 minor alterations 小幅修改

attainment
[ə`tenmənt]
n. 達到；達成

換 **fulfillment**
同 acquirement / completion / reaching
反 failure 失敗
搭 educational attainment 教育成就

challenge
[`tʃæləndʒ]
v. 挑戰；反對；質疑

換 **dispute**
同 question / claim / defy
反 agree 同意
搭 challenge authority 挑戰權威

conceivable
[kən`sivəbl̩]
adj. 可想像的；可理解的；可相信的

換 **thinkable**
同 reasonable / convincing / believable
反 unthinkable 難以置信的；無法想像的
搭 every conceivable means
所有可想的方法

continuously
[kən`tɪnjuəslɪ]
adv. 持續不斷地

換 **regularly**
同 constantly / unceasingly / frequently
反 suddenly 突然地
搭 monitor continuously 持續監控

debut
[ˋdeˏbju]
n. 初次登台；首度露面

换 **appearance**
同 launching / presentation / introduction
反 conclusion 結尾；收尾
搭 debut album 首張專輯

detrimental
[dɛtrəˋmɛntḷ]
adj. 有害的；有危險的

换 **harmful**
同 dangerous / devastating / pernicious
反 favorable 有利的；順利的
搭 a detrimental effect 有害的影響

distressing
[dɪˋstrɛsɪŋ]
adj. 令人痛苦的；令人煩惱的

换 **upsetting**
同 dreadful / regrettable / troublesome
反 delightful 令人愉快的；令人高興的
搭 distressing emotions 惱人的情緒

embed
[ɪmˋbɛd]
v. 埋至；嵌進

换 **enclose**
同 install / stick in / implant
反 rise 上升；升起；增加
搭 embed in 埋入

erupt
[ɪˋrʌpt]
v. 爆發

换 **break out**
同 blow up / burst / explode
反 be quiet 沉默；安穩；安靜
搭 erupt violently 猛烈地爆發

extract
[ɪkˋstrækt]
v. 擷取；引出；提煉

换 **remove**
同 derive / distill / squeeze
反 insert 嵌入
搭 extract oil 煉油

frame

[frem]

n. 骨架；框架；體制

- 換 **structure**
- 同 framework / scaffold / scheme
- 反 disorganization 解體；缺乏整體組織
- 搭 frame of mind 心境狀態

hassle

[`hæsḷ]

n. 麻煩；困難；爭吵

- 換 **difficulty**
- 同 inconvenience / quarrel / struggle
- 反 peace 和平
- 搭 without hassle 無負擔；無麻煩

in the same breath

ph. 緊接著

- 換 **immediately**
- 同 at once / instantly / promptly

insecurity

[ˌɪnsɪ`kjurətɪ]

n. 不安全；無把握

- 換 **self-doubt**
- 同 uncertainty / anxiety / indecision
- 反 certainty 確定性
- 搭 sense of insecurity 不安全感

jointly

[`dʒɔɪntlɪ]

adv. 共同地；連帶地

- 換 **together**
- 同 unitedly / mutually / collectively
- 反 singly 單獨地；個別地
- 搭 produce jointly 聯合製造

mediate

[`midɪˌet]

v. 斡旋；調解

- 換 **negotiate**
- 同 intervene / intercede / interpose
- 反 contend 鬥爭；主張；爭奪
- 搭 mediate between 介入……之中

now and then

ph. 有時；偶爾

換 **once in a while**
同 infrequently / intermittently / occasionally

participate

[parˋtɪsə͵pet]

v. 參與；參加

換 **engage**
同 take part / join in / enter into
反 ignore 忽視；忽略
搭 participate in 參與；加入

postulate

[ˋpastʃə͵let]

v. 要求；假設；將……視為可能

換 **hypothesize**
同 suppose / assume / speculate
反 disbelieve 不信；懷疑

prohibit

[prəˋhɪbɪt]

v. 禁止；阻止；妨礙

換 **forbid**
同 disallow / ban / constrain
反 permit 允准
搭 prohibit from 禁止；阻止

reasonable

[ˋriznəbl̩]

adj. 合理的；講理的；公道的

換 **logical**
同 acceptable / valid / proper
反 unsound 站不住腳的
搭 reasonable requests 合理的要求

repudiate

[rɪˋpjudɪ͵et]

v. 與……斷絕關係；駁斥

換 **reject**
同 turn one's back on / dismiss / retract
反 confirm 確認；肯定
搭 repudiate violence 譴責暴力

scoff at

ph. 嘲笑

換 **downplay**
同 criticize / sneer at / downgrade
反 compliment 讚揚

spearhead

[ˋspɪr,hɛd]

v. 做先鋒；帶頭

換 **lead**
同 launch / prompt / initiate
反 obey 順從；服從
搭 spearhead the campaign 領導運動

substantial

[səbˋstænʃəl]

adj. 大量的；豐盛的

換 **considerable**
同 hefty / massive / abundant
反 slight 輕微的；微弱的
搭 a substantial contribution 重大的貢獻

terrestrial

[təˋrɛstrɪəl]

adj. 地球的；陸地的；塵世的

換 **global**
同 earthly / worldly / mundane
反 unworldly 脫離世俗的
搭 terrestrial ecology 地球生態

unavoidable

[,ʌnəˋvɔɪdəbḷ]

adj. 不可避免的

換 **inevitable**
同 certain / necessary / obligatory
反 evadable 迴避的；躲避的
搭 an unavoidable accident 不可避免的意外

verify

[ˋvɛrə,faɪ]

v. 證明；證實

換 **establish the truth of**
同 certify / attest / validate
反 confuse 混淆；使困惑
搭 verify the new password 確認新密碼

本章單字之音檔收錄於第 24 軌

account for

ph. 說明；解釋

換 **explain**

同 clarify / resolve / justify

alternative

[ɔlˋtɜnətɪv]

n. 其他的選擇

換 **substitute**

同 backup / option / opportunity

反 restraint 阻止；抑制

搭 an alternative to sugar 糖的代用品

attempt

[əˋtɛmpt]

v. 試圖；企圖做……

換 **undertake**

同 pursue / strive / tackle

反 retreat 撤退；隱避

搭 attempt to escape 試圖逃跑

champion

[ˋtʃæmpɪən]

v. 擁護；支持

換 **support**

同 advocate / defend / stand up for

反 protest 抗議

搭 champion reform 支持改革

concept

[ˋkansɛpt]

n. 點子；意見；概念

換 **idea**

同 approach / notion / thought

反 proof 證實

搭 explain a concept 解釋概念

contracted

[kənˋtræktɪd]

adj. 收縮的；狹窄的；節約的

換 **condensed**

同 narrow / abbreviated / abridged

反 developed 發達的；先進的

搭 a contracted mind 狹窄的心胸

decay

[dɪˋke]

v. / *n.* 腐蝕；分解

換 **rot**
同 spoil / decompose / damage
反 combine 結合
搭 urban decay 城市衰敗

devastated

[ˋdɛvəs,tetɪd]

adj. 受破壞的；被蹂躪的；毀壞的

換 **destroyed**
同 wrecked / smashed / demolished
反 protected 受保護的
搭 devastated villages 被毀的村莊

distribute

[dɪˋstrɪbjut]

v. 分配；分發

換 **allocate**
同 apportion / allot / dispense
反 retain 保留；保持
搭 distribute information 散播消息

embellish

[ɪmˋbɛlɪʃ]

v. 美化；裝飾

換 **adorn**
同 decorate / enrich / beautify
反 deface 損壞；毀損……外觀
搭 embellish with 以……美化

escalate

[ˋɛskə,let]

v. 使上升；逐步升級；使惡化

換 **intensify**
同 heighten / increase / expand
反 reduce 減少；降低
搭 escalate the conflict 使衝突惡化

extraordinary

[ɪkˋstrɔrdn̩,ɛrɪ]

adj. 特別的；破例的；非凡的

換 **exceptional**
同 incredible / outstanding / particular
反 plain 平凡的；簡樸的
搭 an extraordinary story 奇特的故事

friction

[ˋfrɪkʃən]

n. 摩擦；不合；爭執

換 **conflict**
同 disagreement / discontent / quarrel
反 harmony 和睦；融洽
搭 friction between 與……不合

hasten

[ˋhesn̩]

v. 催促；加速

換 **accelerate**
同 quicken / urge / advance
反 retard 阻礙；減緩
搭 hasten process 促進作用

inadvertently

[ˏɪnədˋvɝtn̩tlɪ]

adv. 不慎地；不經意地

換 **unintentionally**
同 unwittingly / accidentally / not by design
反 carefully 仔細地；小心地
搭 inadvertently delete the file 不小心刪除檔案

insight

[ˋɪnˏsaɪt]

n. 洞察力；眼光；理解

換 **acumen**
同 understanding / vision / wisdom
反 ignorance 無知
搭 valuable insights 有價值的見解

judge

[dʒʌdʒ]

v. 評斷；判斷

換 **assess**
同 consider / criticize / evaluate
反 approve 批准；贊同
搭 judge from 根據……判斷

mend

[mɛnd]

v. 修理；回復

換 **repair**
同 patch / restore / heal
反 damage 破壞
搭 mend a relationship 修復關係

numerous

[ˋnjumərəs]

adj. 甚多的

換 **innumerable**
同 countless / diverse / zillion
反 few 不多的
搭 numerous difficulties 許多的困難

particular

[pəˋtɪkjələ]

adj. 特殊的；特定的；特別的

換 **specific**
同 separate / exclusive / respective
反 general 一般的；平凡的
搭 in particular 尤其是

potent

[potn̩t]

adj. 強有力的；強大的

換 **tough**
同 vigorous / strong / powerful
反 mild 溫和的
搭 a potent tea 濃茶

project

[prəˋdʒɛkt]

v. 計劃；預計；推算

換 **envisage**
同 estimate / forecast / predict
反 disbelieve 不信；懷疑
搭 project oneself into
設想自己處身於……

rebel

[rɪˋbɛl]

v. 反抗；反叛

換 **resist**
同 protest / defy / combat
反 submit 服從；屈服
搭 rebel against 反抗

repulsion

[rɪˋpʌlʃən]

n. 相斥；排斥

換 **antipathy**
同 revulsion / rebuff / denial
反 fancy 愛好；迷戀
搭 feel repulsion 感到厭惡

scores of

ph. 大量；許多

換 **a great number**
同 multitude / tons / plenty
反 few 不多的
搭 scores of things to do 好多事要做

specialize

[ˋspɛʃəl͵aɪz]

v. 專攻；專門從事

換 **train**
同 practice / concentrate / develop oneself in
反 generalize 泛論
搭 specialize in 擅長於

substantially

[səbˋstænʃəlɪ]

adv. 大量地；本質上

換 **considerably**
同 largely / essentially / remarkably
反 barely 僅僅；幾乎不
搭 substantially different 極大地不同

thankless

[ˋθæŋklɪs]

adj. 吃力不討好的；徒勞無功的

換 **unappreciated**
同 ungrateful / futile / unpleasant
反 appreciative 讚賞的；感謝的
搭 a thankless job 吃力不討好的工作

unbearable

[ʌnˋbɛrəbl̩]

adj. 令人無法忍受的

換 **insufferable**
同 intolerable / unacceptable / unendurable
反 tolerable 可忍受的
搭 unbearable pain 難以忍受的疼痛

viable

[ˋvaɪəbl̩]

adj. 可實行的

換 **feasible**
同 applicable / possible / workable
反 unlikely 不太可能的
搭 a viable solution 可行的辦法

本章單字之音檔收錄於第 25 軌

accrete

[ə`krit]

v. 合生；使依附；增大生長

換 **come together**

同 adhere to / grow together / add

反 disperse 分散

amass

[ə`mæs]

v. 聚集

換 **accumulate**

同 gather / assemble / stockpile

反 divide 分開；分隔

搭 amass a fortune 累積財富

attitude

[`ætətˌjud]

n. 態度；意見；看法

換 **standpoint**

同 position / demeanor / character

搭 a different attitude 不同的態度

channel

[`tʃænḷ]

v. 輸送；傳送；導向

換 **direct**

同 guide / convey / transmit

反 close 關閉；關上

搭 channel resources 傳遞資源

concise

[kən`saɪs]

adj. 簡明的；簡短的

換 **brief**

同 shortened / abbreviated / condensed

反 wordy 冗長的；贅言的

搭 a concise dictionary 簡明字典

contradict

[ˌkantrə`dɪkt]

v. 相互矛盾

換 **dissent**

同 conflict / disagree / at odds

反 approve 批准；贊同

搭 contradict oneself 說話自相矛盾

deceive
[dɪˋsiv]
v. 欺騙；使人誤信

- 換 **mislead**
- 同 defraud / swindle / betray
- 反 protect 保護
- 搭 deceive yourself 自欺欺人

deviate
[ˋdivɪˏet]
v. 脫離；越軌

- 換 **depart**
- 同 differ / diverge / digress
- 反 go straight 改邪歸正
- 搭 deviate from 自……偏離

district
[ˋdɪstrɪkt]
n. 地區；地域

- 換 **region**
- 同 zone / area / location
- 反 whole 整體
- 搭 a business district 商業區

embrace
[ɪmˋbres]
v. 擁抱；抓住；欣然接受

- 換 **enfold**
- 同 grasp / seize / grab
- 反 let go 放開；放鬆
- 搭 embrace new experiences 擁抱新經驗

essential
[ɪˋsɛnʃəl]
adj. 重要的；主要的；必要的

- 換 **crucial**
- 同 requisite / imperative / cardinal
- 反 needless 不需要的；沒必要的
- 搭 essential elements 主要成分

extravagant
[ɪkˋstrævəgənt]
adj. 奢侈的

- 換 **luxurious**
- 同 exorbitant / profuse / lavish
- 反 moderate 中等的；適度的
- 搭 an extravagant lifestyle 奢華的生活方式

frigid
[ˋfrɪgɪd]
adj. 嚴寒的

- 換 **extremely cold**
- 同 frozen / ice-cold / chilly
- 反 sweltering 酷熱的
- 搭 a frigid environment 寒冷的環境

hazard
[ˋhæzəd]
n. 危險

- 換 **jeopardy**
- 同 peril / danger / risk
- 反 safety 安全
- 搭 a health hazard 健康隱憂

incentive
[ɪnˋsɛntɪv]
n. 刺激；鼓勵；動機

- 換 **inducement**
- 同 lure / enticement / stimulus
- 反 turn-off 澆熄
- 搭 additional incentives 額外的獎勵

insistent
[ɪnˋsɪstənt]
adj. 堅持的；堅決要求的

- 換 **demanding**
- 同 assertive / forceful / resolute
- 反 indifferent 冷淡的
- 搭 insistent on 堅持於

justify
[ˋdʒʌstə͵faɪ]
v. 證明……為正當；證實；為……辯護

- 換 **support**
- 同 advocate / uphold / validate
- 反 disapprove 反對；不贊同
- 搭 justify yourself 將自己的行為合理化

menial
[ˋminɪəl]
adj. 卑微的；乏味的

- 換 **demeaning**
- 同 routine / humble / unskilled
- 反 unusual 不凡的
- 搭 menial tasks 粗活

nutrient
[ˋnjutrɪənt]
n. 營養；養分

換 **nourishment**
同 mineral / vitamin / supplements
搭 full of nutrients 養分充足

passionate
[ˋpæʃənɪt]
adj. 熱情的；激昂的

換 **enthusiastic**
同 excited / ardent / eager
反 emotionless 無情緒起伏的；平穩的
搭 a passionate speech 激昂的演講

potentially
[pəˋtɛnʃəlɪ]
adv. 潛在地；可能地

換 **possibly**
同 likely / probably / conceivably
反 unlikely 不太可能地
搭 potentially dangerous 可能有危險的

proliferation
[prə͵lɪfəˋreʃən]
n. 激增；擴散；增殖

換 **growth**
同 expansion / spread / increase
反 decline 減少
搭 prevent proliferation 預防擴散

rebellious
[rɪˋbɛljəs]
adj. 不法的；難控制的；造反的

換 **unmanageable**
同 disobedient / warring / restless
反 submissive 服從的；順從的
搭 a rebellious girl 不服管教的女孩

reputation
[͵rɛpjəˋteʃən]
n. 名聲；名譽

換 **eminence**
同 fame / honor / prestige
反 shame 羞恥
搭 establish a good reputation 建立好名聲

scorn

[skɔrn]

v. / *n.* 輕蔑；嘲笑；笑柄

換 **defy**
同 put down / make fun of / sneer
反 respect 尊重；敬意
搭 scorn for 輕蔑；藐視

specific

[spɪˋsɪfɪk]

adj. 明確的

換 **particular**
同 distinct / special / unique
反 obscure 模糊的
搭 specific instructions 明確的指示

substantiate

[səbˋstænʃɪˏet]

v. 證實；確認

換 **confirm**
同 affirm / validate / justify
反 disprove 反駁
搭 substantiate a claim 證實所言

theme

[θim]

n. 主題；題目

換 **subject**
同 topic / motif / point
搭 theme park 主題樂園

undeniable

[ˏʌndɪˋnaɪəbḷ]

adj. 肯定的；不可否認的

換 **evident**
同 proven / certain / obvious
反 disputable 可反駁的；可辯論的
搭 undeniable facts 千真萬確的事實

vibrant

[ˋvaɪbrənt]

adj. 鮮明的；活躍的

換 **lively**
同 colorful / dynamic / spirited
反 lifeless 無生氣的
搭 a vibrant city 充滿活力的城市

Mini test 5

★ 下列各個句子當中的劃線字意思最接近何者？

Q1. The school was not big enough to <u>accommodate</u> all the students.
(A) contain
(B) accumulate
(C) predict
(D) document

Q2. Jerry tried to <u>conceal</u> his real motives.
(A) devise
(B) combine
(C) disguise
(D) expose

Q3. The police officer noticed his <u>erratic</u> behavior.
(A) informative
(B) unstable
(C) regular
(D) outstanding

Q4. The road runs <u>parallel to</u> the river.
(A) effectively
(B) marvelously
(C) differently
(D) alongside

Q5. The government decided to <u>subsidize</u> some specific industries.
(A) fund
(B) discourage
(C) inspire
(D) defame

Q6. Jack has agreed to <u>accompany</u> Linda on a journey to Brazil.
(A) communicate
(B) achieve
(C) lecture
(D) go with

Q7. Students reported that they heard <u>continuous</u> noise from the basement.
(A) external
(B) broken
(C) constant
(D) minor

Q8. Farmers <u>harvested</u> the apples yesterday.
(A) reaped
(B) considered
(C) purchased
(D) distributed

Q9. He is one of the world's most notorious pirates.
(A) brilliant
(B) exceptional
(C) infamous
(D) talented

Q10. They finally decided to terminate the contract.
(A) extend
(B) discontinue
(C) commence
(D) introduce

Q11. Tom's proposal was immediately challenged by other team members.
(A) adopted
(B) questioned
(C) controlled
(D) qualified

Q12. Doctors always remind people that smoking can be detrimental to health.
(A) fundamental
(B) advanced
(C) harmful
(D) beneficial

Q13. The police officer tried to extract further information from the witness.
(A) implement
(B) install
(C) increase
(D) elicit

Q14. Smoking is strictly prohibited in this theater.
(A) suggested
(B) forbidden
(C) allowed
(D) excited

Q15. The general said that the war was unavoidable.
(A) inevitable
(B) unnecessary
(C) impersonal
(D) beneficial

Q16. The company is facing the alternative of selling their assets or going bankrupt.
(A) employment
(B) option
(C) difficulty
(D) strategy

Q17. The protestors shouted slogans and distributed flyers.
(A) dispensed
(B) collected
(C) compared
(D) prepared

Q18. The presenter showed remarkable insight into the IT industry.
(A) barrier
(B) result
(C) research
(D) understanding

Q19. Teenagers often <u>rebel</u> against their parents' way of thinking.
(A) devote
(B) fight
(C) recall
(D) adopt

Q20. The woman is suffering from an <u>unbearable</u> headache.
(A) attractive
(B) difficult
(C) intolerable
(D) supportive

Q21. Mr. Jones has maintained a positive <u>attitude</u> at work.
(A) demeanor
(B) chance
(C) appearance
(D) possibility

Q22. Young people should be bold enough to <u>embrace</u> new opportunities.
(A) contain
(B) discuss
(C) waste
(D) seize

Q23. The possibility of promotion is an <u>incentive</u> for managers to work harder.
(A) assurance
(B) condition
(C) improvement
(D) motivation

Q24. Ms. Smith made a <u>passionate</u> speech about her vision for the company.
(A) unloving
(B) different
(C) zealous
(D) impersonal

Q25. There is still not scientific evidence to <u>substantiate</u> this theory.
(A) affirm
(B) inspire
(C) decline
(D) fail

Answer Key

Q1. (A)
譯 那學校不夠大無法容納下所有學生。
(A) 包括　(B) 累積
(C) 預測　(D) 以文件記載

Q2. (C)
譯 傑瑞試著要隱藏他的真正意圖。
(A) 設計　(B) 綜合
(C) 隱藏　(D) 使曝光

Q3. (B)
譯 那警員察覺到他的詭異行為了。
(A) 情報的　(B) 反覆無常的
(C) 規律的　(D) 傑出的

Q4. (D)
譯 那條路和河流平行。
(A) 有效地　(B) 令人讚嘆地
(C) 不同地　(D) 並排地

Q5. (A)
譯 政府決定針對一些特定產業做補助。
(A) 資助　(B) 勸阻
(C) 激勵　(D) 詆毀

Q6. (D)
譯 傑克已同意要陪琳達同去巴西之旅。
(A) 溝通　(B) 達成
(C) 說教　(D) 同去

Q7. (C)
譯 同學回報說他們一直聽到自地下室傳來的噪音。
(A) 外部的　(B) 斷續的
(C) 持續的　(D) 次要的

Q8. (A)
譯 農民昨天將蘋果都採收下來了。
(A) 收割　(B) 考慮
(C) 購買　(D) 分配

Q9. (C)
譯 他是世界上最惡名昭彰的海盜之一。
(A) 聰敏的　(B) 優異的
(C) 惡名的　(D) 有才氣的

Q10. (B)
譯 他們最後決定要終止合約。
(A) 延展　(B) 中斷
(C) 開始　(D) 介紹

Q11. (B)
譯 湯姆的提議馬上就被其他同仁質疑了。
(A) 採用　(B) 質疑
(C) 控制　(D) 合格

Q12. (C)
譯 醫生常提醒世人抽菸對健康會產生危害。
(A) 基本的　(B) 進階的
(C) 有害的　(D) 有益的

Q13. (D)

譯 那警官試著要從目擊者口中問出更多資訊。

(A) 執行　(B) 安裝
(C) 增加　(D) 誘出

Q14. (B)

譯 在此戲院吸菸是被嚴格禁止的。

(A) 建議　(B) 禁止
(C) 准許　(D) 激起

Q15. (A)

譯 將軍說那場戰爭是無可避免的。

(A) 不可避免的　(B) 不必要的
(C) 沒人情味的　(D) 有益的

Q16. (B)

譯 那公司面臨在變賣資產和宣告破產兩者間擇一的局面。

(A) 職業　(B) 選擇
(C) 困難　(D) 策略

Q17. (A)

譯 抗議者大喊著口號並發傳單。

(A) 散播　(B) 收集
(C) 比較　(D) 準備

Q18. (D)

譯 演講者顯示出他對 IT 產業有深入的見解。

(A) 障礙　(B) 結果
(C) 研究　(D) 理解

Q19. (B)

譯 青少年通常會抗拒父母的思考方式。

(A) 奉獻　(B) 抗拒
(C) 回想　(D) 採納

Q20. (C)

譯 女子感覺頭痛難忍。

(A) 吸引人的　(B) 困難的
(C) 不可忍受的　(D) 支持的

Q21. (A)

譯 瓊斯先生對工作保持正向的態度。

(A) 態度　(B) 機會
(C) 外表　(D) 可能性

Q22. (D)

譯 年輕人應勇於接受新的機會。

(A) 包括　(B) 討論
(C) 浪費　(D) 抓住

Q23. (D)

譯 被升官的可能性是驅使經理人努力工作的動機。

(A) 確保　(B) 狀況
(C) 進步　(D) 動機

Q24. (C)

譯 史密斯小姐具熱情的演說道出了她對公司的願景。

(A) 無愛心的　(B) 不同的
(C) 熱心的　(D) 沒人情味的

Q25. (A)

譯 目前仍沒有科學證據來證實此理論。

(A) 證實　(B) 激勵
(C) 拒絕　(D) 失敗

NOTES

本章單字之音檔收錄於第 26 軌

accumulate
[əˋkjumjə͵let]
v. 累積；堆積；收集

換 **collect**
同 gather / assemble / hoard
反 disperse 分散
搭 accumulate experience 累積經驗

ambiguous
[æmˋbɪgjuəs]
adj. 模糊的；不清楚的

換 **blurred**
同 obscure / vague / hidden
反 definite 明確的
搭 ambiguous answers 不明確的回答

attribute
[əˋtrɪbjut]
v. 將……歸因於

換 **credit**
同 ascribe / blame / associate
搭 attribute to 將……歸因於

cherish
[ˋtʃɛrɪʃ]
v. 珍愛；視為珍寶

換 **adore**
同 admire / appreciate / treasure
反 disregard 漠視；不管
搭 cherish my children 愛護自己的孩子

concrete
[ˋkankrit]
adj. 具體的

換 **actual**
同 material / specific / solid
反 abstract 抽象的
搭 concrete evidence 確切的證據

contrast
v. [kən͵træst] 出現差異
n. [ˋkan͵træst] 對照

換 **diverge**
同 compare / differ / contradict
反 accord 調和；一致
搭 in contrast to 與……形成對比

decisive

[dɪˋsaɪsɪv]

adj. 決定性的；確定的；堅決的

換 **determining**
同 definitive / forceful / resolute
反 indefinite 不確定的；未定的
搭 a decisive answer 明確的答覆

devious

[ˋdivɪəs]

adj. 迂迴的；彎曲的；不坦率的

換 **dishonest**
同 insincere / shrewd / sneaky
反 frank 坦白的
搭 devious means 不正當的手段

diverse

[daɪˋvɜs]

adj. 多變的；各式的

換 **varied**
同 various / divergent / assorted
反 identical 相同的
搭 diverse interests 不同的興趣

emerge

[ɪˋmɜdʒ]

v. 出現；露面

換 **appear**
同 turn out / show up / come forth
反 disappear 消失；不見
搭 emerge from 顯露；浮出

establish

[əˋstæblɪʃ]

v. 設立；建立

換 **determine**
同 found / set up / create
反 ruin 破壞；損害
搭 establish an identity 建立身分

extreme

[ɪkˋstrim]

n. 極端

換 **ultimate**
同 limit / height / ceiling
反 mildness 溫和
搭 in the extreme 極度；非常

fringe

[frɪndʒ]

n. 邊緣；界限；流蘇

換 **border**

同 trimming / brink / edge

反 center 中心

搭 urban fringe 市郊

hence

[hɛns]

adv. 因此；由此

換 **therefore**

同 thus / from now on / onward

incessantly

[ɪnˋsɛsn̩tlɪ]

adv. 不間斷地

換 **steadily**

同 endlessly / regularly / constantly

反 intermittently 間歇地

搭 complain incessantly 不斷地抱怨

inspect

[ɪnˋspɛkt]

v. 檢查；審查

換 **examine**

同 investigate / go through / scrutinize

反 ignore 忽視；忽略

搭 inspect carefully 仔細地檢視

juvenile

[ˋdʒuvənaɪl]

n. / *adj.* 少年（的）

換 **youngster**

同 teenager / youth / adolescent

反 adult 成人

搭 juvenile books 兒少讀物

merge

[mɜdʒ]

v. 合併；整合

換 **combine**

同 blend / consolidate / unite

反 disjoin 分隔；分開

搭 merge into 使合併

obesity

[o`bisətɪ]

n. 肥胖；過重

換 **overweight**
同 bulk / fatness / plumpness
反 thinness 瘦弱
搭 childhood obesity 兒童肥胖問題

passive

[`pæsɪv]

adj. 被動的；消極的

換 **lifeless**
同 indifferent / static / inactive
反 protesting 反抗的
搭 passive smoking 二手菸

practical

[`præktɪkḷ]

adj. 實用的；實際的

換 **useable**
同 feasible / workable / reasonable
反 unworkable 不可行的
搭 practical experience 實際的經驗

prolific

[prə`lɪfɪk]

adj. 有生產力的；肥沃的

換 **copious**
同 fruitful / productive / bountiful
反 barren 貧瘠的
搭 prolific animals 多育動物

rebound

[rɪ`baʊnd]

v. 反彈；復原

換 **revive**
同 rejuvenate / recover / make a comeback
反 fail 失靈；沒作用
搭 rebound from 彈回；跳回

rescue

[`rɛskju]

v. 解救；搭救

換 **liberate**
同 protect / release / retrieve
反 harm 傷害
搭 rescue from 救回；營救

scout

[skaʊt]

v. 偵察

㊣換 **explore**

同 investigate / survey / search

反 target 鎖定目標

搭 scout around 四處偵察

spectacular

[spɛk`tækjələ˞]

adj. 壯觀的

換 **striking**

同 unusual / impressive / fabulous

反 plain 平凡的；簡樸的

搭 a spectacular waterfall 壯觀的瀑布

substitute

[`sʌbstə,tjut]

v. 以……取代；代替

換 **interchange**

同 replace / supplant / swap

搭 substitute for 取代……；代替

therapy

[`θɛrəpɪ]

n. 治療；療法

換 **cure**

同 healing / remedy / medicine

反 disease 疾病

搭 receive therapy 接受治療

underestimate

[`ʌndə˞`ɛstə,met]

v. 低估

換 **underrate**

同 undervalue / miscalculate / rate too low

反 overrate 高估

搭 underestimate one's ability 低估能力

vigorously

[`vɪgərəslɪ]

adv. 強力地；活潑地；旺盛地

換 **energetically**

同 actively / robustly / eagerly

反 unwillingly 不甘願地

搭 shake vigorously 強烈地搖晃

本章單字之音檔收錄於第 27 軌

accumulative

[əˋkjumjə͵letɪv]

adj. 堆積的；積累而成的

- 換 **incremental**
- 同 additional / additive / cumulative
- 搭 the accumulative effect 累積後的結果

ambitious

[æmˋbɪʃəs]

adj. 有野心的；積極的

- 換 **aggressive**
- 同 determined / earnest / eager
- 反 fulfilled 滿足的
- 搭 an ambitious young lawyer 雄心勃勃的年輕律師

attribute

[ˋætrə͵bjut]

n. 屬性；特性；特質

- 換 **character**
- 同 quality / personality / aspect
- 搭 a personal attribute 個人特色

chief

[tʃif]

adj. 主要的

- 換 **preeminent**
- 同 leading / principal / central
- 反 minor 次要的；不重要的
- 搭 chief rival 主要對手

concur

[kənˋkɝ]

v. 同意；一致

- 換 **agree**
- 同 approve / accord / cooperate
- 反 deny 拒絕
- 搭 concur with 對……同意

contribute

[kənˋtrɪbjut]

v. 捐助；貢獻；提供

- 換 **donate**
- 同 provide / devote / subsidize
- 反 withhold 抑制；阻擋
- 搭 contribute to 對……貢獻

declare
[dɪˋklɛr]
v. 宣佈；公告；聲明

換 **announce**
同 advocate / promulgate / disclose
反 conceal 隱瞞
搭 declare war 宣戰

devise
[dɪˋvaɪz]
v. 設計；發明；策劃

換 **create**
同 conceive / arrange / formulate
反 disorganize 混亂；使無秩序
搭 devise a new method 發明新方式

diversification
[daɪˏvɝsəfəˋkeʃən]
n. 多樣化；多變化

換 **variety**
同 diversity / assortment / range
反 similarity 相似；雷同

emigrate
[ˋɛməˏgret]
v. 移居；離開

換 **depart**
同 move abroad / migrate / quit
反 remain 保持；留下
搭 emigrate to 搬去……；移居到……

eternal
[ɪˋtɝnḷ]
adj. 永恆的；永遠的

換 **endless**
同 constant / everlasting / infinite
反 finite 有限的
搭 an eternal truth 永遠的事實

extricate
[ˋɛstrəˏket]
v. 使解脫；使脫離

換 **disentangle**
同 extract / liberate / remove
反 unite 統一；使聯合
搭 extricate from 自……掙脫

frugal
[ˋfrugḷ]
adj. 節約的

換 **thrifty**
同 economical / prudent / stingy
反 wasteful 浪費的
搭 a frugal lunch 平價餐點；便餐

heritage
[ˋhɛrətɪdʒ]
n. 遺傳；繼承

換 **legacy**
同 tradition / estate / ancestry
搭 national heritage 國家寶藏

incident
[ˋɪnsədṇt]
n. 事件；插曲

換 **episode**
同 event / matter / adventure
搭 a serious incident 嚴重的事件

inspiration
[ˏɪnspəˋreʃən]
n. 靈感；鼓舞

換 **stimulus**
同 encouragement / enthusiasm / incentive
反 depression 萎靡；失意
搭 seek inspiration 尋找靈感

keen
[kin]
adj. 熱心的；深切的

換 **ardent**
同 intense / earnest / interested
反 indifferent 冷淡的；漠不關心的
搭 be keen on art 對藝術有興趣

merit
[ˋmɛrɪt]
n. 優點；功勞

換 **benefit**
同 dignity / talent / virtue
反 defect 缺點
搭 an outstanding merit 突出的優勢

objection
[əbˋdʒɛkʃən]
n. 反對；不贊成；反抗

換 **criticism**
同 protest / argument / rejection
反 approval 贊成；批准
搭 objection to 異議

patient
[ˋpeʃənt]
adj. 有耐心的；能容忍的

換 **gentle**
同 tolerant / enduring / indulgent
反 be fed up 無法容忍；受夠
搭 a patient teacher 有耐心的老師

praise
[prez]
v. 讚賞；讚美

換 **commend**
同 applaud / compliment / appreciate
反 criticize 批評；評論
搭 praise employees 表揚員工

prolong
[prəˋlɔŋ]
v. 延長；拉長；拖延

換 **extend**
同 continue / draw out / lengthen
反 abridge 縮短；精簡
搭 prolong time 延長時間

rebuke
[rɪˋbjuk]
v. 斥責；責難

換 **reproach**
同 blame / reprove / criticize
反 endorse 贊同；認可；背書
搭 rebuke for 為……訓斥

resemblance
[rɪˋzɛmbləns]
n. 相似；相貌類似

換 **similarity**
同 affinity / closeness / look-alike
反 difference 差異；不同點
搭 resemblance between A and B A 和 B 相似

scrutinize
[ˋskrutn̩ˏaɪz]
v. 細查；放大檢視

換 **investigate**
同 inspect / examine / survey
反 glance 掃視；大概看一下
搭 closely scrutinize 仔細地檢查

speculation
[ˏspɛkjəˋleʃən]
n. 思索；沉思；推測

換 **guesswork**
同 hypothesis / consideration / belief
反 sure thing 當然；必然之事
搭 lead to speculation 引起臆測

subtle
[ˋsʌtl̩]
adj. 精緻的；微妙的；精明的

換 **delicate**
同 refined / exquisite / shrewd
反 harsh 粗糙的
搭 a subtle smile 神秘的微笑

therefore
[ˋðɛrˏfor]
adv. 因此；所以

換 **as a result**
同 thus / hence / in consequence

undergo
[ˏʌndɚˋgo]
v. 經歷；遭受；承受

換 **experience**
同 endure / encounter / suffer
反 disallow 不許；駁回
搭 undergo peacefully 平靜地進行

vintage
[ˋvɪntɪdʒ]
adj. 復古的；古董的；舊式的

換 **outmoded**
同 antique / outdated / classical
反 modern 現代的
搭 a vintage car 名貴的老車

本章單字之音檔收錄於第 28 軌

accumulation

[ə,kjumjə`leʃən]

n. 累積；聚集；堆積

換 **accretion**
同 gathering / build-up / growth
反 reduction 減少；降低
搭 accumulation of knowledge
知識的累積

amiable

[`emɪəbḷ]

adj. 溫和的；令人愉悅的

換 **mild**
同 pleasant / affable / delightful
反 hateful 可憎的
搭 an amiable young man 親切的年輕人

augment

[ɔg`mɛnt]

v. 擴大

換 **enlarge**
同 improve / increase / enhance
反 compress 壓縮
搭 augment income 增加收入

chronic

[`kranɪk]

adj. 慢性的；長期的；不斷的

換 **habitual**
同 incessant / lingering / ever-present
反 acute 急劇的
搭 a chronic disease 慢性病

condemn

[kən`dɛm]

v. 責難；宣告……有罪；判刑

換 **convict**
同 blame / sentence / criticize
反 praise 讚美
搭 condemn to 判……刑

controversial

[,kantrə`vɜʃəl]

adj. 好爭論的；有爭議的

換 **disputatious**
同 dubious / arguable / suspect
反 peaceful 和平的
搭 a controversial issue 具爭議的議題

declining

[dɪˋklaɪnɪŋ]

adj. 下滑的；降下的

換 **dropping**
同 decreasing / reducing / plunging
反 increasing 增加的
搭 declining interest 利息下降

devoid of

ph. 缺乏；沒有

換 **lacking in**
同 short of / drained / bare
反 filled 裝滿；滿是
搭 devoid of compassion 缺乏同情心

diversified

[daɪˋvɝsə͵faɪd]

adj. 多變的；各種的

換 **varied**
同 various / assorted / mixed
反 similar 類似的
搭 a diversified business 多樣化經營

eminent

[ˋɛmənənt]

adj. 聞名的；顯赫的

換 **distinguished**
同 outstanding / famous / high-ranking
反 inferior 低等的；下級的
搭 an eminent scientist 著名的科學家

ethic

[ˋɛθɪk]

n. 倫理；道德；準則

換 **integrity**
同 moral / virtue / principle
反 dishonor 不名譽；丟臉
搭 work ethic 工作道德

fabrication

[͵fæbrɪˋkeʃən]

n. 捏造；謊言；製造

換 **forgery**
同 untruth / invention / fable
反 reality 現實；事實
搭 fabrication of evidence 捏造的證據

fruitful

[ˋfrutfəl]

adj. 成果豐碩的；果實累累的

- 換 **productive**
- 同 effective / rewarding / successful
- 反 unhelpful 沒幫助的
- 搭 a fruitful career 成功的事業

hesitation

[ˏhɛzəˋteʃən]

n. 猶疑；躊躇

- 換 **doubt**
- 同 pause / indecision / reluctance
- 反 faith 忠誠；信心；相信
- 搭 without hesitation 毫不猶豫

incite

[ɪnˋsaɪt]

v. 引起

- 換 **arouse**
- 同 provoke / encourage / inflame
- 反 prevent 預防；防止
- 搭 incite to violence 煽動暴力

inspire

[ɪnˋspaɪr]

v. 激勵；鼓舞

- 換 **encourage**
- 同 hearten / embolden / stir
- 反 discourage 使沮喪；使洩氣
- 搭 inspire confidence 激起信心

key

[ki]

adj. 重要的；關鍵的

- 換 **important**
- 同 crucial / leading / primary
- 反 minor 次要的；不重要的
- 搭 key functions 重點功能

methodically

[məˋθadɪkəlɪ]

adv. 有條理地；有方法地

- 換 **accurately**
- 同 neatly / specifically / systematically
- 反 inexactly 不精密地；不明確地

objective
[əbˋdʒɛktɪv]
n. 目標

換 **purpose**
同 goal / target / aim
搭 achieve one's objectives 達成目標

pattern
[ˋpætən]
n. 花樣；型式；格局

換 **arrangement**
同 model / example / method
反 disorder 混亂；無秩序
搭 establish patterns 建立格式

precede
[prɪˋsid]
v. 在……之前

換 **go before**
同 foreshadow / anticipate / go in advance
反 follow 尾隨；在後

prominent
[ˋprɑmənənt]
adj. 突出的；顯著的

換 **phenomenal**
同 visible / apparent / obvious
反 unnoticeable 不明顯的；不突出的
搭 a prominent nose 高挺的鼻子

recede
[rɪˋsid]
v. 退縮

換 **retreat**
同 withdraw / diminish / dwindle
反 soar 飆飛；飆高
搭 recede from a promise 背棄諾言

resent
[rɪˋzɛnt]
v. 憤慨；怨恨

換 **dislike**
同 grudge / object to / feel sore
反 love 愛
搭 deeply resent 深惡痛絕

deduce
[dɪˋdjus]
v. 推論；演繹；追溯

換 **figure out**
同 infer / surmise / derive
反 misunderstand 誤解
搭 deduce from 自……推論出

diagnosis
[ˏdaɪəgˋnosɪs]
n. 診斷結果；調查分析

換 **analysis**
同 investigation / scrutiny / summary
搭 correct diagnosis 正確的分析結果

document
[ˋdɑkjəmənt]
v. 以文件記載 / 證明；記錄

換 **record**
同 put down / detail / register
反 hide 隱匿
搭 document a case 記錄事件

empathetic
[ɛmpəˋθɛtɪk]
adj. 感情移入的

換 **sensitive**
同 understanding / empathic / feeling
反 indifferent 冷淡的；漠不關心的
搭 an empathetic friend 氣味相投的朋友

eventually
[ɪˋvɛntʃuəlɪ]
adv. 最後

換 **lastly**
同 finally / ultimately / in the end
反 never 從未
搭 eventually arrive 終於到達

facility
[fəˋsɪlətɪ]
n. 能力；技能；設施

換 **amenity**
同 equipment / competence / aptitude
反 incompetence 能力不足
搭 cooking facilities 烹煮設備

fulfillment

[fʊlˋfɪlmənt]

n. 完成；履行；實踐

換 **achievement**

同 attainment / perfection / realization

反 failure 失敗

搭 personal fulfillment 個人的滿足

hidden

[ˋhɪdn̩]

adj. 隱藏的；隱秘的；不易找到的

換 **buried**

同 unseen / concealed / invisible

反 disclosed 顯露的；露出的

搭 hidden costs 隱性花費

inconclusive

[ˏɪnkənˋklusɪv]

adj. 未定的

換 **undecided**

同 incomplete / up in the air / uncertain

反 certain 確定的

搭 inconclusive evidence 無說服力的證據

instigate

[ˋɪnstəˏget]

v. 煽動；進行；發起

換 **cause**

同 influence / provoke / stimulate

反 deter 威嚇；使斷念；嚇住

搭 instigate a discussion 發起討論

landslide

[ˋlændˏslaɪd]

n. 山崩；滑坡；大勝利

換 **landslip**

同 avalanche / mudslide / rockslide

搭 a landslide victory 大獲全勝

milestone

[ˋmaɪlˏston]

n. 里程碑

換 **achievement**

同 landmark / turning point / breakthrough

搭 an important milestone 重要的里程碑

observe
[əbˋzɝv]
v. 注意；觀察；評論

換 **detect**
同 discover / inspect / pay attention to
反 pass by 忽略；錯過
搭 observe one's behavior 觀察行為

penalize
[ˋpinḷ͵aɪz]
v. 處罰；懲罰

換 **punish**
同 discipline / fine / judge
反 pardon 原諒；寬恕
搭 be penalized for ... 因……而受罰

precise
[prɪˋsaɪs]
adj. 精準的；準確的

換 **accurate**
同 exact / correct / punctual
反 general 籠統的
搭 a precise date 確切的日期

prone
[pron]
adj. 有……傾向的；易於

換 **likely**
同 liable / willing / apt
反 unlikely 不太可能的
搭 prone to 傾向於……

recognition
[͵rɛkəgˋnɪʃən]
n. 讚美；認出；識別

換 **appreciation**
同 approval / esteem / gratitude
反 denial 否定；否認
搭 speech recognition 語音辨識

respect
[rɪˋspɛkt]
n. 方面

換 **aspect**
同 facet / point / matter
反 whole 整體
搭 in respect to 在……方面

seek

[sik]

v. 探索；追求；尋找

換 **attempt**
同 explore / pursue / chase
反 shun 規避
搭 seek out 找出

spike

[spaɪk]

n. 尖峰；峰值

換 **pierce**
同 spear / stick / pin
反 bottom 低點；底部
搭 spike heel（女鞋）細高跟

successor

[sək`sɛsɚ]

n. 後代；繼任者

換 **descendant**
同 offspring / heir / beneficiary
反 predecessor 前任；前輩
搭 a possible successor 可能的繼任人選

thoughtful

[`θɔtfəl]

adj. 體貼的

換 **considerate**
同 caring / mindful / attentive
反 unthinking 欠考慮的；無思考的
搭 be thoughtful of 考慮周到的

undisputed

[͵ʌndɪ`spjutɪd]

adj. 毫無疑問的；不可爭辯的

換 **acknowledged**
同 accepted / undeniable / irrefutable
反 questionable 有爭議的；存疑的
搭 undisputed facts 不爭的事實

vision

[`vɪʒən]

n. 洞察力；眼光；遠見

換 **aspect**
同 insight / foresight / perceiving
反 blindness 盲目；輕率；無知
搭 tunnel vision 目光短淺

本章單字之音檔收錄於第 32 軌

achieve
[ə`tʃiv]
v. 達到；完成

- 換 **attain**
- 同 accomplish / complete / realize
- 反 abandon 放棄；中止
- 搭 achieve high standards 達到高水準

ancestor
[`ænsɛstɚ]
n. 祖宗；先驅

- 換 **predecessor**
- 同 founder / forefather / forebear
- 反 descendant 後裔；子孫
- 搭 a common ancestor 共同祖先

avoid
[ə`vɔɪd]
v. 避免；避開

- 換 **shun**
- 同 evade / fend off / abstain
- 反 seek 追求
- 搭 avoid conflicts 避免衝突

clumsy
[`klʌmzɪ]
adj. 笨拙的；手腳不靈光的

- 換 **awkward**
- 同 heavy-handed / ponderous / all thumbs
- 反 graceful 優雅的
- 搭 a clumsy movement 笨拙的行動

confer
[kən`fɝ]
v. 頒給

- 換 **grant**
- 同 provide / award / donate
- 反 refuse 拒絕；不肯；不准
- 搭 confer on 授予

conversely
[kən`vɝslɪ]
adv. 相反地；反過來說

- 換 **on the other hand**
- 同 in other words / in preference to / contrarily
- 反 equally 相同地；同樣地

defame
[dɪˋfem]
v. 誹謗；破壞名譽

- 換 **discredit**
- 同 smear / detract / slam
- 反 commend 稱讚；讚賞
- 搭 defame someone 中傷某人

dictate
[ˋdɪkˏtet]
v. 命令；指揮

- 換 **govern**
- 同 impose / control / manage
- 反 implore 懇求；乞求
- 搭 dictate to someone 指使某人……如何做

domain
[doˋmen]
n. 領域；範圍；區域

- 換 **realm**
- 同 territory / field / region
- 搭 private domain 私人勢力範圍

empirical
[ɪmˋpɪrəkḷ]
adj. 根據經驗的；據觀察的

- 換 **based on observation**
- 同 practical / factual / observational
- 反 theoretical 理論上的
- 搭 empirical evidence 據觀察得知之事證

evidence
[ˋɛvədəns]
n. 證據

- 換 **proof**
- 同 hint / indication / deposition
- 反 disproof 反證；反駁
- 搭 false evidence 偽證

factual
[ˋfæktʃʊəl]
adj. 事實的；如實的

- 換 **accurate**
- 同 correct / legitimate / valid
- 反 invalid 無效的
- 搭 factual information 真實資料

fundamental

[ˌfʌndəˋmɛntḷ]

adj. 基本的；初步的

- 換 **primary**
- 同 integral / elementary / radical
- 反 secondary 次要的
- 搭 fundamental subjects 基礎科目

highlight

[ˋhaɪˌlaɪt]

n. / *v.* 強調；重點

- 換 **emphasis**
- 同 focus / high spot / main feature
- 反 minor 次要；非重點
- 搭 highlight the fact 強調事實

incorporate

[ɪnˋkɔrpəˌret]

v. 併入

- 換 **merge**
- 同 include / combine / embody
- 反 exclude 排除；不包括
- 搭 incorporate with 使……併入；將……合併

instinct

[ˋɪnstɪŋkt]

n. 本能；本性；直覺

- 換 **gut feeling**
- 同 intuition / savvy / talent
- 反 incapacity 無能力；不適任
- 搭 have an instinct for 有……方面的天才

laudable

[ˋlɔdəbḷ]

adj. 值得讚揚的

- 換 **creditable**
- 同 commendable / praiseworthy / admirable
- 反 blamable 受責難的
- 搭 a laudable goal 值得讚賞之目標

mindset

[ˋmaɪndˌsɛt]

n. 心態

- 換 **attitude**
- 同 way of thinking / behaviorism / mind
- 搭 have a different mindset 有不同的思維方式

obsession
[əbˋsɛʃən]
n. 著迷；深陷

換 **fixation**
同 compulsion / delusion / fascination
反 hatred 敵意；憎惡
搭 obsession with 擺脫不了……思想

penchant
[ˋpɛntʃənt]
n. 強烈傾向；愛好

換 **inclination**
同 affection / affinity / taste
反 disfavor 不贊成；討厭
搭 have a penchant for 對……有偏好

preclude
[prɪˋklud]
v. 排除；阻止

換 **inhibit**
同 avert / deter / hinder
反 encourage 鼓勵；激發
搭 preclude from 妨礙；阻止

pronounced
[prəˋnaʊnst]
adj. 明顯的；明確的

換 **clear-cut**
同 definite / noticeable / assured
反 hidden 隱藏的；隱蔽的
搭 a pronounced accent 濃厚的口音

reconcile
[ˋrɛkənsaɪl]
v. 和解；改善

換 **settle**
同 harmonize / adjust / make peace
反 disharmonize 使不協調
搭 reconcile with 使……和好

respectively
[rɪˋspɛktɪvlɪ]
adv. 各自地；分別地

換 **singly**
同 separately / individually / per unit
反 altogether 總共

seemingly

[ˋsimɪŋlɪ]

adv. 似乎是；貌似；表面上地

換 **supposedly**

同 apparently / outwardly / ostensibly

反 surely 確定地

搭 seemingly impossible 看來是不可能的

splendid

[ˋsplɛndɪd]

adj. 光彩的；燦爛的

換 **magnificent**

同 brilliant / fantastic / gorgeous

反 unimpressive 平凡的；一般的

搭 a splendid victory 輝煌的勝利

succumb

[səˋkʌm]

v. 屈服

換 **yield**

同 defer / submit / give in

反 endure 忍受；撐過

搭 succumb to 屈服於；聽任於

threatened

[ˋθrɛtn̩d]

adj. 受威脅的；有滅絕危險的

換 **endangered**

同 unprotected / vulnerable / unsafe

反 safe 安全的

搭 threatened species 瀕臨絕種的物種

undoubtedly

[ʌnˋdaʊtɪdlɪ]

adv. 肯定地；無疑問地

換 **certainly**

同 definitely / absolutely / indeed

反 unlikely 不太可能地

搭 undoubtedly true 肯定是真的

visualize

[ˋvɪʒʊə͵laɪz]

v. 使形象化；設想

換 **envision**

同 dream up / imagine / anticipate

反 disregard 不理會；不顧

搭 visualize as 將……想像為

本章單字之音檔收錄於第 33 軌

acquaint with

ph. 使熟悉

換 **familiarize**
同 make familiar / let know / inform
反 mislead 誤導
搭 acquaint yourself with the new rules 熟悉新規定

ancient

[ˋenʃənt]
adj. 古老的

換 **antique**
同 venerable / timeworn / outmoded
反 modern 現代的
搭 ancient legend 古老傳說

awareness

[əˋwɛrnɪs]
n. 察覺

換 **consciousness**
同 knowledge / attention / perception
反 ignorance 無知
搭 public awareness 公眾意識

coalesce

[ˌkoəˋlɛs]
v. 凝聚

換 **gather**
同 blend / integrate / unite
反 disjoin 分隔；分開
搭 coalesce into 連結成……；整合為一

confess

[kənˋfɛs]
v. 坦白；承認；供稱；表明

換 **admit**
同 confirm / concede / reveal
反 hide 隱藏；隱瞞
搭 confess to doing something 承認做了某事

convert

[kənˋvɝt]
v. 轉變；轉換

換 **remodel**
同 modify / switch / transform
反 remain 保持不變
搭 convert assets into cash 將資產轉為現金

defeat

[dɪ`fit]

n. 戰勝；擊敗；挫敗

換 **beating**
同 breakdown / destruction / conquest
反 achievement 成就
搭 a crushing defeat 一敗塗地

differ

[`dɪfə]

v. 不同；相異

換 **vary**
同 contrast / diverge / digress
反 coincide 同時；相符
搭 differ from 與……不同

domestic

[də`mɛstɪk]

adj. 國內的

換 **internal**
同 native / inland / homelike
反 international 國際的
搭 domestic flights 國內班機

empiricism

[ɛm`pɪrə͵sɪzəm]

n. 經驗主義

換 **induction**
同 experimentation / experientialism / observation

evident

[`ɛvədənt]

adj. 明顯的；顯而易見的

換 **apparent**
同 obvious / clear / distinct
反 vague 模糊的
搭 especially evident 特別明顯的

fairly

[`fɛrlɪ]

adv. 相當地

換 **intensely**
同 awfully / extremely / dreadfully
搭 fairly good 相當不錯

further

[ˋfɝðɚ]

adj. 更進一步的；另外的

換 **additional**

同 farther / extra / added

搭 further discussion 深入討論

hinder

[ˋhɪndɚ]

v. 阻礙；制止

換 **hamper**

同 impede / obstruct / restrain

反 promote 晉升；促進；發揚

搭 hinder progress 阻礙進展

incredible

[ɪnˋkrɛdəbḷ]

adj. 難以置信的

換 **unbelievable**

同 inconceivable / unimaginable / far-fetched

反 believable 可信的

搭 incredible speed 飛快之速度

instructive

[ɪnˋstrʌktɪv]

adj. 有教育意義的；有啓發性的

換 **informative**

同 educational / useful / enlightening

反 useless 無用的；無意義的

搭 an instructive experience 有啓發的經驗

launch

[lɔntʃ]

v. 發射；推出；發起

換 **send off**

同 fire / bombard / discharge

反 receive 接受；接收

搭 launch a new product 新產品上市

miniature

[ˋmɪnɪətʃɚ]

adj. 小型的；微型的；小規模的

換 **small**

同 tiny / pint-sized / minute

反 giant 巨大的

搭 miniature furniture 微小的傢俱（模型）

obsolete
[ˋɑbsə͵lit]
adj. 廢棄的；過時的

換 **antiquated**
同 outworn / out-of-date / outmoded
反 present 現今的；現在的
搭 obsolete concepts 過時的觀念

penetrate
[ˋpɛnə͵tret]
v. 穿過；透過；刺入

換 **pierce**
同 invade / pervade / saturate
反 seep 滲出
搭 penetrate deeply 滲透深入

predator
[ˋprɛdətɚ]
n. 掠奪者

換 **hunter**
同 killer / beast of prey / carnivore
反 prey 獵物
搭 large predators 大型肉食動物

propagate
[ˋprɑpə͵get]
v. 繁殖；擴大；增殖

換 **multiply**
同 reproduce / breed / fertilize
反 limit 限制
搭 propagate knowledge 使知識普及

recoup
[rɪˋkup]
v. 收回；償還；恢復

換 **recover**
同 make up for / redeem / regain
反 pay 付款；付出
搭 recoup one's investment 回收投資

response
[rɪˋspɑns]
n. 回應

換 **feedback**
同 reply / reaction / answer
反 question 問題
搭 a positive response 正面的回應

segment
[ˋsɛgmənt]
v. 分割；劃分

- 換 **separate**
- 同 divide / isolate / partition
- 反 aggregate 聚集；匯整
- 搭 segment markets 分隔市場

split
[splɪt]
v. 裂開

- 換 **crack**
- 同 isolate / separate / tear
- 反 combine 結合
- 搭 split off 分開；脫離

suffer
[ˋsʌfɚ]
v. 遭受；忍受；經歷

- 換 **endure**
- 同 go through / undergo / bear
- 反 relieve 緩和；解除
- 搭 suffer through 挨過……

thrive
[θraɪv]
v. 茂盛成長

- 換 **bloom**
- 同 flourish / mushroom / prosper
- 反 retreat 引退；退縮
- 搭 The business is thriving. 生意興隆。

unfold
[ʌnˋfold]
v. 展開；顯露

- 換 **clarify**
- 同 reveal / disclose / unmask
- 反 abridge 縮短；精簡
- 搭 unfold swiftly 迅速地展開

vital
[ˋvaɪtl̩]
adj. 極重要的；必不可少的

- 換 **essential**
- 同 crucial / meaningful / significant
- 反 optional 選擇性的
- 搭 vital evidence 重要證據

本章單字之音檔收錄於第 34 軌

acquire
[ə`kwaɪr]
v. 取得；獲得

換 **obtain**
同 gain / secure / earn
反 scatter 分散
搭 acquire knowledge 習得知識

anomalous
[ə`nɑmələs]
adj. 不合常理的；不恰當的；不規則的

換 **divergent**
同 bizarre / abnormal / eccentric
反 normal 平常的；普通的
搭 anomalous behavior 反常的行為

awesome
[`ɔsəm]
adj. 令人敬畏的；驚奇的

換 **terrific**
同 astounding / amazing / astonishing
反 normal 一般的
搭 an awesome sight 驚人的奇觀

coastal
[`kostḷ]
adj. 沿海的；沿岸的

換 **seaside**
同 along a coast / bordering the water / riverine
反 inland 內陸的；內地的
搭 coastal waters 沿海水域

configuration
[kən͵fɪgjə`reʃən]
n. 結構；配置；外貌

換 **shape**
同 arrangement / structure / contour
反 disarrangement 擾亂
搭 hardware configuration 硬體設定

convey
[kən`ve]
v. 傳播；搬運；傳達

換 **disclose**
同 pass on / transmit / reveal
反 retain 保留；保持
搭 convey emotions 表達情緒

defect
[dɪˋfɛkt]
n. 缺陷；缺點

換 **imperfection**
同 flaw / fault / shortcoming
反 perfection 完美
搭 a major defect 主要缺失

diffuse
[dɪˋfjuz]
adj. / *v.* 四散的；擴散

換 **spread**
同 radiated / circulated / dispersed
反 restricted 受限制的；被限定的
搭 widely diffuse 大量擴散出去

dominant
[ˋdɑmənənt]
adj. 佔優勢的；顯而易見的

換 **distinctive**
同 prevalent / stellar / prevailing
反 secondary 次要的
搭 dominant influence 顯著的影響

empower
[ɪmˋpaʊɚ]
v. 授權給

換 **authorize**
同 entitle / permit / entrust
反 refuse 拒絕
搭 empower employees 授權給員工

evoke
[ɪˋvok]
v. 引起

換 **induce**
同 stimulate / elicit / provoke
反 repress 約束；壓抑
搭 evoke memories 喚起記憶

faithful
[ˋfeθfəl]
adj. 精確的；可靠的

換 **accurate**
同 authentic / exact / trusty
反 imprecise 不精確的
搭 a faithful translation 精準的翻譯

furthermore
[ˋfɝðɚˋmor]
adv. 再者；而且

換 **moreover**
同 additionally / besides / in addition

hint
[hɪnt]
n. 線索；提示

換 **clue**
同 advice / reminder / indication
反 neglect 忽視；忽略
搭 a strong hint 強烈的提示

incur
[ɪnˋkɝ]
v. 招惹

換 **arouse**
同 provoke / induce / draw
反 forfeit 喪失
搭 incur a debt 陷入債務

instrumental
[ˌɪnstrəˋmɛntḷ]
adj. 重要的；有助益的

換 **important**
同 influential / conducive / helpful
反 unhelpful 沒幫助的
搭 instrumental in 可作為……手段的

lavishly
[ˋlævɪʃlɪ]
adv. 大量地；奢華地

換 **extravagantly**
同 generously / profusely / richly
反 poorly 貧困地；不足地
搭 live lavishly 過著奢華的生活

minimize
[ˋmɪnəˌmaɪz]
v. 最小化

換 **curtail**
同 decrease / diminish / underestimate
反 maximize 最大化
搭 minimize risks 將風險降到最低

obstacle

[ˋɑbstəkḷ]

n. 阻礙；障礙

換 **barrier**
同 obstruction / difficulty / hurdle
反 clearance 清除；出空
搭 overcome obstacles 克服阻礙

perceive

[pɚˋsiv]

v. 察覺

換 **notice**
同 discern / distinguish / identify
反 disregard 不理會；不顧
搭 perceive differences 看出差異

predecessor

[ˋprɛdɪˏsɛsɚ]

n. 祖先；先驅

換 **ancestor**
同 forebear / former / precursor
反 descendant 後裔；子孫

propel

[prəˋpɛl]

v. 驅使；推進

換 **drive**
同 thrust / actuate / launch
反 dissuade 勸阻
搭 propel a boat 驅動船隻

recreation

[ˏrɛkrɪˋeʃən]

n. 娛樂；消遣方式

換 **entertainment**
同 amusement / enjoyment / pastime
反 labor 勞動；辛苦工作
搭 recreation facilities 休閒設施

restrain

[rɪˋstren]

v. 約束；栓住

換 **hitch**
同 fasten / connect / bind
反 discharge 排出；釋放
搭 restrain growth 限制成長

seize
[siz]
v. 抓住；攫住

換 **capture**
同 grasp / grab / arrest
反 unfasten 解開
搭 seize opportunities 抓住機會

spoiled
[ˋspɔɪld]
adj. 腐壞的

換 **rotten**
同 ruined / harmed / corrupted
反 unspoiled 未破壞的；未損毀的
搭 a spoiled child 被寵壞的孩子

sufficient
[səˋfɪʃənt]
adj. 足夠的

換 **adequate**
同 enough / plentiful / ample
反 meager 瘦的；不足的；貧乏的
搭 a sufficient budget 寬裕的預算

thwart
[θwɔrt]
v. 阻撓

換 **hamper**
同 obstruct / hinder / defeat
反 advance 促進；推進
搭 thwart a plan 阻礙計劃

uniformly
[ˋjunəˏfɔrmlɪ]
adv. 一致地；一律地

換 **consistently**
同 evenly / constantly / regularly
反 unsteadily 不穩定地
搭 distribute uniformly 公平分配

vivid
[ˋvɪvɪd]
adj. 生動的；鮮明的

換 **distinct**
同 dazzling / splendid / colorful
反 lifeless 無生氣的
搭 a vivid description 生動的描述

本章單字之音檔收錄於第 35 軌

activate
[ˋæktə͵vet]
v. 啓動；活化

換 **prompt**
同 trigger / stimulate / switch on
反 discourage 使沮喪；使洩氣
搭 activate a new system 啓用新系統

anonymous
[əˋnɑnəməs]
adj. 匿名的

換 **unsigned**
同 unknown / nameless / unnamed
反 known 知名的
搭 an anonymous letter 匿名信

balance
[ˋbæləns]
n. 平均；均衡；協調

換 **equivalence**
同 evenness / equity / harmony
反 disproportion 不成比例
搭 strike a balance 取得平衡

coating
[ˋkotɪŋ]
n. 外層；塗層

換 **layer**
同 varnish / covering / sheet
搭 protective coating 保護層

confine
[kənˋfaɪn]
v. 限制

換 **restrict**
同 limit / detain / restrain
反 liberate 使自由
搭 confine to 將……限制在

convince
[kənˋvɪns]
v. 說服

換 **persuade**
同 assure / sway / induce
反 dissuade 勸阻
搭 convince clients 說服客戶

defer

[dɪˋfɝ]

v. 延緩；展期

換 **postpone**
同 put off / delay / suspend
反 forward 向前；提前
搭 defer departure 推遲行程

diffusion

[dɪˋfjuʒən]

n. 擴散；傳播；普及

換 **dispersal**
同 circulation / spread / expansion
反 collection 積累；收集
搭 diffusion of 散佈

dominate

[ˋdɑməˏnet]

v. 支配

換 **control**
同 command / rule / manage
反 obey 順從；服從
搭 dominate the market 主導市場

encapsulate

[ɪnˋkæpsəˏlet]

v. 壓縮；將……封進內部

換 **encase**
同 cover / enclose / wrap
反 release 釋放；解放
搭 encapsulate in 將……封入於

evolution

[ˏɛvəˋluʃən]

n. 發展；進展；演化

換 **development**
同 progress / expansion / transformation
反 reduction 降低；簡化
搭 cultural evolution 文化演進

fallacy

[ˋfæləsɪ]

n. 謬誤；謬見

換 **misconception**
同 paradox / bias / delusion
反 truth 事實
搭 a common fallacy 普遍的謬論

gadget

[ˋgædʒɪt]

n. 器具；裝置；設備

- 換 **apparatus**
- 同 appliance / device / invention
- 搭 kitchen gadgets 廚房小用具

historical

[hɪsˋtɔrɪkḷ]

adj. 歷史的；史學的

- 換 **ancient**
- 同 classical / attested / documented
- 反 modern 現代的
- 搭 historical data 歷史資料

indefinite

[ɪnˋdɛfənɪt]

adj. 不確定的；未定的

- 換 **undefined**
- 同 vague / imprecise / unclear
- 反 certain 確定的
- 搭 an indefinite answer 含糊的答案

intact

[ɪnˋtækt]

adj. 完整無缺的；未受損害的

- 換 **undamaged**
- 同 flawless / perfect / unbroken
- 反 damaged 破損的；損壞的
- 搭 still intact 仍然完整無缺

lease

[lis]

v. 租賃

- 換 **charter**
- 同 rent out / sublet / hire
- 反 sell 賣出
- 搭 lease the apartment to someone 將公寓租給某人

minute

[maɪˋnut]

adj. 微小的；瑣細的

- 換 **tiny**
- 同 minimal / insignificant / minuscule
- 反 significant 重大的
- 搭 minute differences 細微的差異

obtainable
[əbˋtenəbḷ]
adj. 可得到的

換 **available**
同 accessible / achievable / attainable
反 unachievable 不可行的；無法達成的
搭 an obtainable goal 可達成的目標

perception
[pɚˋsɛpʃən]
n. 察覺；感知

換 **understanding**
同 comprehension / apprehension / grasp
反 incomprehension 不理解；不懂
搭 music perception 音感能力

prediction
[prɪˋdɪkʃən]
n. 預期；預測

換 **expectation**
同 forecast / foresight / anticipation
反 truth 實際情況
搭 make predictions 做出預測

propensity
[prəˋpɛnsətɪ]
n.（尤指不良的）偏好；習性

換 **inclination**
同 leaning / bias / tendency
反 dislike 不喜歡；不偏好
搭 natural propensity 天生的習性

rectify
[ˋrɛktə͵faɪ]
v. 改正；矯正

換 **correct**
同 amend / improve / redress
反 worsen 使變糟；惡化
搭 rectify mistakes 矯正錯誤

restricted
[rɪˋstrɪktɪd]
adj. 被限定的

換 **limited**
同 controlled / curbed / confined
反 boundless 無邊無界的
搭 a restricted area 受限之區域

seldom

[ˋsɛldəm]

adv. 不常；難得；很少

換 **infrequently**
同 hardly / rarely / scarcely
反 always 經常地
搭 seldom speak 鮮少說話

sponsor

[ˋspɑnsɚ]

v. 贊助；補助

換 **support**
同 promote / finance / subsidize
反 disapprove 反對；不贊同
搭 sponsor the event 贊助活動

suggestive

[səˋdʒɛstɪv]

adj. 引起聯想的

換 **signifying**
同 indicative / expressive / intriguing
反 unexpressive 未能表達原意的
搭 suggestive of 引起……方面的聯想

tilt

[tɪlt]

v. 使傾斜

換 **slope**
同 lean / incline / slant
反 straighten 弄直；使挺直
搭 tilt a chair backward 將椅子向後傾斜

uninitiated

[ˏʌnɪˋnɪʃɪetɪd]

adj. 外行的；不知情的；沒經驗的

換 **ignorant**
同 unskilled / untrained / inexperienced
反 experienced 有經驗的
搭 the uninitiated 門外漢；不知情者

voluminous

[vəˋlumənəs]

adj. 長篇的；著作多的；大量的；容量大的

換 **vast stretch of**
同 extensive / generous / ample
反 lacking 缺乏的
搭 a voluminous writer 多產的作家

Mini test 7

★ 下列各個句子當中的劃線字意思最接近何者？

Q1. Some participants asked the presenter to <u>clarify</u> his last point.
(A) explain
(B) cover
(C) remove
(D) perfect

Q2. The results of the investigation were <u>inconclusive</u>.
(A) attractive
(B) ambiguous
(C) certified
(D) proved

Q3. The leader tried to <u>instigate</u> the people to revolt.
(A) analyze
(B) repress
(C) recommend
(D) trigger

Q4. The son differs in some <u>respects</u> from his father.
(A) thoughts
(B) behaviors
(C) aspects
(D) conditions

Q5. Jerry is likely to be appointed as the manager's <u>successor</u>.
(A) replacement
(B) superior
(C) supervisor
(D) accountant

Q6. All team members contribute their efforts to <u>achieve</u> this goal.
(A) reject
(B) accomplish
(C) fail
(D) inform

Q7. The manager complained that the journalist had <u>defamed</u> him.
(A) guided
(B) promoted
(C) denigrated
(D) complimented

Q8. The manager has an <u>instinct</u> for making money.
(A) aggression
(B) approach
(C) appetite
(D) aptitude

Q9. Poor English ability <u>precluded</u> those refugees from finding a job.
(A) facilitated
(B) improved
(C) prevented
(D) predicted

Q10. All the students have done <u>splendid</u> work!
(A) first-class
(B) miserable
(C) ignoble
(D) drab

Q11. The boy <u>confessed</u> that he had broken the window.
(A) concealed
(B) admitted
(C) appraised
(D) denied

Q12. The team's <u>defeat</u> in the last round depressed all of the players a lot.
(A) failure
(B) success
(C) fulfillment
(D) power

Q13. All the phone calls and interruptions <u>hinderd</u> me from working.
(A) advanced
(B) generated
(C) slowed down
(D) helped

Q14. Some people tried to <u>propagate</u> a rumor among the community.
(A) serve
(B) cover up
(C) relocate
(D) publicize

Q15. The company continues to <u>thrive</u> in today's competitive market.
(A) poach
(B) prosper
(C) decline
(D) stagnate

Q16. The boy gradually <u>acquires</u> proficiency in English.
(A) adjourns
(B) obtains
(C) surrenders
(D) commences

Q17. The report pointed out the <u>defects</u> in our society.
(A) weaknesses
(B) successes
(C) memories
(D) diligence

Q18. The government has <u>incurred</u> numerous debts.
(A) agreed
(B) decided
(C) published
(D) taken on

Q19. The girl <u>perceived</u> something fishy in that house.
(A) observed
(B) ignored
(C) acquired
(D) failed

Q20. The assistant immediately <u>seized on</u> the idea.
(A) installed
(B) announced
(C) captured
(D) deployed

Q21. The smoke <u>activated</u> all the fire alarms.
(A) checked
(B) modified
(C) hampered
(D) triggered

Q22. The ill child was <u>confined</u> to bed for two days.
(A) restricted
(B) allowed
(C) inspired
(D) attracted

Q23. The LV suitcase washed up on the beach with its contents <u>intact</u>.
(A) harmed
(B) stolen
(C) sound
(D) broken

Q24. That product is no longer <u>obtainable</u>.
(A) useable
(B) available
(C) dependable
(D) workable

Q25. The truck <u>tilted</u> and fell into the river.
(A) published
(B) maintained
(C) leaned
(D) adjusted

Answer Key

Q1. (A)

譯 一些與會者要求講者闡明他的最後一個論點。

(A) 解釋　(B) 覆蓋
(C) 移除　(D) 使完美

Q2. (B)

譯 此調查尚未有定論。

(A) 吸引人的　(B) 不明確的
(C) 經證實的　(D) 被證明的

Q3. (D)

譯 領導人試圖教唆群衆造反。

(A) 分析　(B) 壓抑
(C) 建議　(D) 激起

Q4. (C)

譯 那兒子和他爸爸在很多方面都不相同。

(A) 想法　(B) 行為
(C) 方面　(D) 情況

Q5. (A)

譯 傑瑞有可能被指派成為經理的接班人。

(A) 代替者　(B) 上司
(C) 主管　(D) 會計師

Q6. (B)

譯 全體同仁都貢獻一己之力來達成此目標。

(A) 拒絕　(B) 達成
(C) 失敗　(D) 告知

Q7. (C)

譯 經理抱怨說那記者破壞他的名聲。

(A) 引領　(B) 升遷
(C) 詆毀　(D) 讚許

Q8. (D)

譯 那經理與生俱來地對賺錢很有一套。

(A) 激進　(B) 方法
(C) 胃口　(D) 天資

Q9. (C)

譯 英文能力不佳阻礙了難民找工作。

(A) 加速　(B) 改善
(C) 防止　(D) 預測

Q10. (A)

譯 所有同學都表現奇佳！

(A) 一流的　(B) 悲慘的
(C) 卑鄙的　(D) 單調的

Q11. (B)

譯 那男孩承認他打破窗戶。

(A) 隱瞞　(B) 承認
(C) 讚美　(D) 否認

Q12. (A)

譯 團隊在最後一輪的失敗讓每位球員都深感失望。

(A) 失敗　(B) 成功
(C) 滿足　(D) 權力

Q13. (C)

譯 所有的電話和打擾阻礙了我專心工作。

(A) 促進 (B) 產生
(C) 使變慢 (D) 協助

Q14. (D)

譯 有些人試圖在社區內傳播謠言。

(A) 服務 (B) 隱藏
(C) 搬遷 (D) 宣傳

Q15. (B)

譯 在今日競爭激烈的市場上，該公司生意蒸蒸日上。

(A) 竊取 (B) 繁榮
(C) 下降 (D) 停滯

Q16. (B)

譯 那男孩的英文漸漸地進步了。

(A) 休會 (B) 取得
(C) 投降 (D) 開始

Q17. (A)

譯 此報告點出了我們社會的缺憾。

(A) 弱點 (B) 成功
(C) 記憶 (D) 勤奮

Q18. (D)

譯 政府債台高築。

(A) 同意 (B) 決定
(C) 出版 (D) 承擔

Q19. (A)

譯 女孩察覺那房屋內的異樣。

(A) 觀察 (B) 忽略
(C) 取得 (D) 失敗

Q20. (D)

譯 助理馬上就採用了該意見。

(A) 安裝 (B) 宣佈
(C) 抓到 (D) 運用

Q21. (D)

譯 冒出的煙啓動了火警警報器。

(A) 檢查 (B) 修改
(C) 阻礙 (D) 引發

Q22. (A)

譯 那孩子因病臥床兩天。

(A) 限定 (B) 准許
(C) 激勵 (D) 吸引

Q23. (C)

譯 那只 LV 皮箱被海水沖刷到岸上，裡面的物品完好如初。

(A) 受傷害的 (B) 遭偷竊的
(C) 安好的 (D) 破裂的

Q24. (B)

譯 此產品已經買不到了。

(A) 可使用的 (B) 可獲得的
(C) 可靠的 (D) 可行的

Q25. (C)

譯 那卡車傾斜並掉到河裡。

(A) 出版 (B) 維持
(C) 傾靠 (D) 調整

NOTES

本章單字之音檔收錄於第 36 軌

acumen

[ˋækjə͵mən]

n. 洞察；敏銳

換 **understanding**
同 know-how / intelligence / judgment
反 ignorance 無知
搭 business acumen 商業見解

anxiety

[æŋˋzaɪətɪ]

n. 緊張感；焦慮

換 **tension**
同 concern / panic / uncertainty
反 calm 淡定的
搭 the cause of one's anxiety 引起焦慮之原因

barely

[ˋbɛrlɪ]

adv. 幾乎沒有；僅；剛好

換 **hardly**
同 scarcely / almost not / scantily
反 vastly 大量地
搭 barely remember 幾乎不記得

cognitive

[ˋkɑgnətɪv]

adj. 感知的；認識的；認知的

換 **perceivable**
同 sensible / recognizable / discernible
反 imperceptible 難以察覺的
搭 cognitive development 認知發展

confirmation

[͵kɑnfəˋmeʃən]

n. 確認；批准

換 **substantiation**
同 validation / consent / green light
反 disapproval 非難；不贊成
搭 final confirmation 最終確認

coordinate

[koˋɔrdn̩et]

v. 協調；調節；調和

換 **harmonize**
同 integrate / organize / regulate
反 confuse 混淆；使困惑
搭 coordinate activities 協調活動

deferential

[ˌdɛfəˋrɛnʃəl]

adj. 表示敬意的；恭敬的

- 換 **respectful**
- 同 polite / submissive / courteous
- 反 impolite 不禮貌的
- 搭 be deferential towards someone 對某人畢恭畢敬

dignity

[ˋdɪgnətɪ]

n. 威嚴；尊貴

- 換 **stateliness**
- 同 excellence / grace / prestige
- 反 dishonor 不名譽；丟臉
- 搭 maintain one's dignity 維護尊嚴

dormant

[ˋdɔrmənt]

adj. 靜止的；睡著的

- 換 **inactive**
- 同 passive / sluggish / asleep
- 反 active 活躍的
- 搭 dormant period 潛伏期

enchanting

[ɪnˋtʃæntɪŋ]

adj. 迷人的；嫵媚的

- 換 **intriguing**
- 同 delightful / charming / pleasant
- 反 disgusting 噁心的；不喜歡的
- 搭 an enchanting smile 迷人的微笑

evolve

[ɪˋvalv]

v. 逐步形成；發展；展開

- 換 **develop**
- 同 progress / emerge / expand
- 反 halt 暫停；中止
- 搭 evolve from 自……發展

far-reaching

[ˋfarˌritʃɪŋ]

adj. 影響深遠的；廣泛的

- 換 **widespread**
- 同 extensive / pervasive / far-ranging
- 反 limited 有限的
- 搭 far-reaching effects 深遠的影響

gain

[gen]

v. 增加；獲得；取得進展

換 **increase**

同 acquire / advance / expand

反 lose 減少；失去

搭 gain weight 體重增加

hoard

[hord]

v. 儲藏；聚藏

換 **collect**

同 buy up / deposit / pile up

反 waste 揮霍；浪費

搭 hoard food 囤積食物

indelible

[ɪn`dɛləbl̩]

adj. 難以遺忘的；持久的

換 **lasting**

同 unforgettable / enduring / memorable

反 erasable 可消除的；可抹去的

搭 an indelible impression 難以忘懷的印象

intangible

[ɪn`tændʒəbl̩]

adj. 不具體的；不確定的

換 **indefinite**

同 obscure / abstract / imponderable

反 factual 事實的；真正的；具體的

搭 intangible assets 無形資產

legal

[`ligl̩]

adj. 合法的；法定的

換 **lawful**

同 legitimate / allowable / valid

反 unlawful 不合法的

搭 legal tender 法定貨幣

miraculous

[mə`rækjələs]

adj. 神奇的；不可思議的

換 **amazing**

同 spectacular / astonishing / incredible

反 standard 一般的；標準的

搭 a miraculous drug 特效藥

occasionally

[əˋkeʒənlɪ]

adv. 偶爾；間或

換 **once in a while**
同 every now and then / infrequently / random
反 always 經常地
搭 visit occasionally 偶爾拜訪

perforate

[ˋpɜfəˏret]

v. 穿透；刺穿

換 **puncture**
同 drill / pierce / punch
反 seal 封印；緊閉
搭 perforate the skin 刺穿皮膚

predominant

[prɪˋdamənənt]

adj. 主導的；佔優勢的

換 **principal**
同 controlling / influential / authoritative
反 subordinate 下級的
搭 predominant colors 主色調

properly

[ˋprapəlɪ]

adv. 恰當地；體面地

換 **correctly**
同 accordingly / accurately / perfectly
反 incorrectly 不正確地；錯誤地
搭 manage properly 恰當地管理

recurrent

[rɪˋkɜənt]

adj. 週期性的；間斷的

換 **periodical**
同 sporadic / intermittent / frequent
反 constant 持續的；一貫的
搭 a recurrent problem 一再發生的問題

resume

[rɪˋzjum]

v. 重新開始；繼續

換 **restart**
同 recommence / start again / proceed
反 conclude 下結論；結束
搭 resume operation 重新操作

self-reliant
[ˏsɛlfrɪˋlaɪənt]
adj. 靠自己的；自力更生的

- 換 **independent**
- 同 self-supporting / autonomous / on one's own
- 反 dependent 依賴的
- 搭 a self-reliant girl 自力更生的女孩

spontaneous
[spanˋtenɪəs]
adj. 自發的；不由自主的

- 換 **impulsive**
- 同 offhand / voluntary / automatic
- 反 willful 故意的；任性的
- 搭 a spontaneous reaction 自發反應

suitable
[ˋsutəbl̩]
adj. 合適的；恰當的

- 換 **appropriate**
- 同 proper / felicitous / fitting
- 反 improper 不恰當的
- 搭 suitable for 適合於……的

toddler
[ˋtadlɚ]
n. 幼童；學步小孩

- 換 **infant**
- 同 youngster / child / preschooler
- 反 adult 成人

unique
[juˋnik]
adj. 突出的；特殊的；與眾不同的

- 換 **different**
- 同 one-of-a-kind / exceptional / special
- 反 ordinary 普通的；一般的
- 搭 a unique opportunity 絕佳的機會

vulnerable
[ˋvʌlnərəbl̩]
adj. 易受傷的；脆弱的；易受攻擊的

- 換 **open to attack**
- 同 sensitive / defenseless / exposed
- 反 strong 強壯的
- 搭 extremely vulnerable 極度脆弱的

本章單字之音檔收錄於第 37 軌

acute
[əˋkjut]
adj. 急性的；劇烈的

- 換 **fierce**
- 同 sudden / intense / sharp
- 反 blunt 鈍的；不利的
- 搭 an acute disease 急性病

anxious
[ˋæŋkʃəs]
adj. 擔心的；憂慮的

- 換 **uneasy**
- 同 worried / tense / fearful
- 反 confident 有信心的
- 搭 an anxious face 擔憂的神情

barren
[ˋbærən]
adj. 貧瘠的；荒蕪的

- 換 **unfertile**
- 同 sterile / unproductive / desolate
- 反 fruitful 果實累累的
- 搭 a barren land 不毛之地

coherent
[koˋhɪrənt]
adj. 一致的；連貫的；條理清晰的

- 換 **consistent**
- 同 rational / logical / lucid
- 反 confusing 令人困惑的
- 搭 a coherent argument 前後一致的論點

conform to
ph. 遵照；符合；適應

- 換 **adapt**
- 同 attune / tailor / comply
- 反 oppose 反對；反抗
- 搭 conform to a dress code 遵守衣著規定

cope
[kop]
v. 競爭；對付；處理

- 換 **compete**
- 同 manage / encounter / handle
- 反 collapse 倒塌；瓦解
- 搭 cope with a problem 設法解決問題

deficient

[dɪˋfɪʃənt]

adj. 有缺點的；不足的

換 **imperfect**
同 insufficient / scarce / incomplete
反 abundant 豐富的
搭 deficient in experience 經驗不足

digress

[daɪˋgrɛs]

v. 脫離主題

換 **deviate**
同 meander / depart / ramble
反 go direct 直接；切中要旨
搭 digress from the subject 偏題

doubtful

[ˋdaʊtfəl]

adj. 懷疑的；生疑的；模糊的

換 **uncertain**
同 indecisive / debatable / questionable
反 settled 固定的；確定的
搭 extremely doubtful 極為可疑

encompass

[ɪnˋkʌmpəs]

v. 環繞；包圍；包含

換 **beset**
同 circle / include / contain
反 unloose 釋放
搭 encompass a wide range 包含大範圍

exactly

[ɪgˋzæktlɪ]

adv. 確切地；精確地；完全地

換 **completely**
同 indeed / correctly / strictly
反 questionably 有存疑地；有疑問地
搭 exactly the same 完全相同

fascinating

[ˋfæsn̩ˏetɪŋ]

adj. 迷人的；極好的

換 **alluring**
同 interesting / appealing / engrossing
反 boring 無趣的
搭 a fascinating story 引人入勝的故事

garment
[ˋgarmənt]
n. 衣服；服裝；衣著

換 **attire**
同 apparel / clothes / dress
搭 make a garment 做衣服

horizontal
[ˏhɔrəˋzantl̩]
adj. 水平的；地平線的

換 **even**
同 flush / level / straight
反 irregular 不規則的
搭 a horizontal merger 同業合併

indicate
[ˋɪndəˏket]
v. 指出；指示；表明

換 **signify**
同 announce / illustrate / express
反 deny 否認
搭 Snow indicates winter.
下雪意味冬天的到來。

integral
[ˋɪntəgrəl]
adj. 整體的；不可缺的

換 **essential**
同 elemental / intrinsic / necessary
反 nonessential 不重要的
搭 an integral whole 整體

legendary
[ˋlɛdʒəndˏɛrɪ]
adj. 著名的

換 **famous**
同 renowned / well-known / illustrious
反 infamous 聲名狼藉的；不名譽的
搭 a legendary figure 著名的角色

miscellaneous
[ˏmɪsəˋlenjəs]
adj. 雜項的；各種的

換 **varied**
同 diversified / mixed / assorted
反 single 單一的
搭 miscellaneous household items
各式家電用品

occupant
[ˋɑkjəpənt]
n. 佔有者；居住人

換 **dweller**
同 inhabitant / resident / tenant
反 displaced person 難民；無處可歸者
搭 the previous occupant 之前的房客

perilous
[ˋpɛrələs]
adj. 危險的

換 **dangerous**
同 risky / rugged / unstable
反 secure 安全的
搭 perilous country roads
危險的鄉間道路

preference
[ˋprɛfərəns]
n. 喜好；偏好

換 **desire**
同 favorite / selection / option
反 disfavor 不贊成；討厭
搭 have a preference for sweet food
喜吃甜食

property
[ˋprɑpətɪ]
n. 屬性；特性

換 **characteristic**
同 feature / quality / attribute
搭 a medicinal property 藥物特性

redeem
[rɪˋdim]
v. 贖回；實踐；清償

換 **pay off**
同 recoup / win back / restore
反 abandon 丟棄；拋棄
搭 redeem a coupon 兌換折價券

resurgence
[rɪˋsɝdʒəns]
n. 復興；復甦；再起

換 **comeback**
同 revival / rebound / renewal
反 extinction 滅絕；消滅
搭 a resurgence in demand 需求的回升

sensation
[sɛn`seʃən]
n. 感受；知覺

㊁換 **emotion**
同 impression / passion / sense
反 unconsciousness 無感；無知覺
搭 sensation of fear 恐懼感

spread
[sprɛd]
v. 擴散

換 **disperse**
同 scatter / circulate / stretch
反 assemble 聚集；召集
搭 spread the news 散播消息

summarize
[`sʌmə,raɪz]
v. 摘要

換 **outline**
同 sum up / abstract / recap
反 prolong 延長；拓展
搭 summarize the main points 摘要重點

tolerate
[`tɑlə,ret]
v. 忍受；容許；原諒

換 **endure**
同 bear / permit / stand
反 prevent 預防；防止
搭 tolerate patiently 耐心地忍受

universal
[,junə`vɝsl̩]
adj. 全體的；普遍的；一般的

換 **entire**
同 common / extensive / sweeping
反 limited 有限的
搭 a universal truth 普遍真理

wary
[`wɛrɪ]
adj. 謹慎的；小心的

換 **cautious**
同 considerate / prudent / watchful
反 inattentive 疏忽的；不注意的
搭 be wary of strangers 提防陌生人

本章單字之音檔收錄於第 38 軌

adapt

[əˋdæpt]

v. 使適應；使適合；改編

換 **adjust**

同 modify / accustom / comply

反 disorder 使無秩序

搭 adapt to the new environment 適應新環境

apart from

ph. 除……之外

換 **besides**

同 except for / other than / with the exception of

barrier

[ˋbærɪr]

n. 阻礙物

換 **obstacle**

同 setback / hurdle / blockade

反 opening 機會；機遇；開端

搭 language barrier 語言障礙

coin

[kɔɪn]

v. 創造

換 **create**

同 make / invent / compose

反 destroy 破壞

搭 coin a new term 創造出新用語

confounding

[kənˋfaʊndɪŋ]

adj. 困惑的；混淆不清的

換 **confusing**

同 perplexing / bewildering / puzzling

反 unmixed 純粹的

copious

[ˋkopɪəs]

adj. 大量的

換 **abundant**

同 adequate / plentiful / ample

反 lacking 缺乏的

搭 take copious notes 作大量筆記

definite
[ˋdɛfənɪt]
adj. 明確的；肯定的

換 **exact**
同 certain / clear-cut / obvious
反 inexact 不精確的
搭 a definite answer 明確的回答

diligent
[ˋdɪlədʒənt]
adj. 勤奮的

換 **hard-working**
同 industrious / earnest / attentive
反 weary 疲乏的；疲憊的
搭 a diligent student 勤奮的學生

drain
[dren]
v. 消耗；耗盡

換 **diminish**
同 dwindle / deplete / exhaust
反 hoard 囤積
搭 drain away 排去；流掉

encounter
[ɪnˋkaʊntɚ]
v. 面對；迎向（問題、困難）

換 **confront**
同 engage / affront / battle
反 retreat 撤退；隱避
搭 encounter difficulties 遭遇困難

exaggerate
[ɪgˋzædʒə͵ret]
v. 誇大；誇張

換 **boast**
同 brag / overstate / inflate
反 play down 貶低
搭 exaggerate the importance
將重要性誇大

fastidious
[fæsˋtɪdɪəs]
adj. 難取悅的；苛求的

換 **demanding**
同 critical / finicky / hard to please
反 undemanding 要求不高的
搭 a fastidious scholar 要求高的學者

garnish
[ˋgarnɪʃ]
v. 裝飾；使增色

- 換 **embellish**
- 同 adorn / ornament / trim
- 反 divest 剝削；除去；剝奪
- 搭 garnish with 給添加⋯⋯；使悅目

horrendous
[hɔˋrɛndəs]
adj. 恐怖的

- 換 **horrible**
- 同 dire / awful / dreadful
- 反 pleasant 愉悅的
- 搭 horrendous explosions 可怕的爆炸

indifferent
[ɪnˋdɪfərənt]
adj. 冷漠的；無興趣的

- 換 **apathetic**
- 同 unfeeling / heartless / uninvolved
- 反 interested 有興趣的
- 搭 be indifferent to 對⋯⋯不關心

integrity
[ɪnˋtɛgrətɪ]
n. 廉正；正直；誠實

- 換 **honesty**
- 同 principle / purity / sincerity
- 反 deceit 欺騙；欺詐；詐騙
- 搭 moral integrity 品性良好

legible
[ˋlɛdʒəbḷ]
adj. 清晰的；易讀的

- 換 **recognizable**
- 同 intelligible / easy to read / neat
- 反 ambiguous 模糊的
- 搭 legible handwriting 清楚的字跡

misery
[ˋmɪzərɪ]
n. 痛苦；不幸；悲慘

- 換 **misfortune**
- 同 burden / grief / difficulty
- 反 blessing 祝福；好事
- 搭 cause misery 引發痛苦

occur
[əˋkɝ]
v. 發生

換 **happen**
同 take place / be held / appear
反 hide 隱藏
搭 occur naturally 自然地發生

periodically
[pɪrɪˋɑdɪklɪ]
adv. 週期地；定期地；間歇地

換 **regularly**
同 repeatedly / sporadically / intermittently
反 continuously 連續地
搭 be tested periodically 定期接受檢測

prehistoric
[ˏprihɪsˋtɔrɪk]
adj. 史前的；古老的

換 **ancient**
同 archaic / primeval / primitive
反 modern 現代的
搭 prehistoric animals 史前動物

prophetic
[prəˋfɛtɪk]
adj. 預言的；先知的

換 **prescient**
同 prophetical / augural / foreshadowing
搭 prophetic signs 徵兆

redundant
[rɪˋdʌndənt]
adj. 多餘的；冗贅的

換 **excessive**
同 repetitious / unnecessary / extra
反 sparse 缺乏的
搭 redundant workers 冗員

retain
[rɪˋten]
v. 保持；保有；保住

換 **maintain**
同 preserve / cling to / possess
反 release 釋放；解放
搭 retain knowledge 記住知識

sensible

[ˋsɛnsəbḷ]

adj. 明智的；實用的；意識到的

- 換 **realistic**
- 同 intelligent / practical / down-to-earth
- 反 impalpable 無形的；無法感知的
- 搭 a sensible difference 明顯的差別

spur

[spɝ]

v. 激勵；刺激

- 換 **motivate**
- 同 incite / arouse / spark
- 反 repress 約束；壓抑
- 搭 spur the economy 促進經濟發展

superficial

[ˋsupɚˋfɪʃəl]

adj. 表面的；膚淺的；缺乏深度的

- 換 **sketchy**
- 同 cursory / trivial / shallow
- 反 profound 深遠的
- 搭 have a superficial understanding of something 對某事一知半解

torment

[ˋtɔr͵mɛnt]

n. 劇痛；痛楚

- 換 **suffering**
- 同 anguish / pain / ache
- 反 ease 和緩；舒適
- 搭 be in torment 陷於苦痛中

unprecedented

[ʌnˋprɛsə͵dɛntɪd]

adj. 前所未有的；空前的

- 換 **unlike anything in the past**
- 同 unusual / exceptional / fantastic
- 反 tired 陳腐的；破舊的
- 搭 unprecedented growth 空前的成長

waver

[ˋwevɚ]

v. 猶豫不決

- 換 **hedge**
- 同 hesitate / shake / sway
- 反 persist 堅決
- 搭 waver between 在……間猶豫不決

本章單字之音檔收錄於第 39 軌

addict

[ˋædɪkt]

n. 入迷之人

換 **devotee**

同 fanatic / follower / enthusiast

反 detractor 貶低者

搭 a drug addict 吸毒者

apparent

[əˋpærənt]

adj. 顯然的；明顯的

換 **clearly seen**

同 visible / glaring / obvious

反 dubious 半信半疑的

搭 an apparent difference 明顯的差異

barter

[ˋbartɚ]

v. 以物易物

換 **exchange**

同 swap / haggle / trade

反 keep 保有；持有

搭 barter for 以……交換

coincidental

[koˌɪnsəˋdɛntl̩]

adj. 碰巧的；巧合的

換 **circumstantial**

同 accidental / unplanned / fortuitous

反 deliberate 刻意的

搭 purely coincidental 完全是巧合

confront

[kənˋfrʌnt]

v. 迎面；面臨；遭遇

換 **stand up to**

同 challenge / face with / tackle with

反 evade 躲避；逃避

搭 confront proactively 主動出擊

cordially

[ˋkɔrdʒəlɪ]

adv. 由衷地；真誠地

換 **sincerely**

同 warmly / genially / kindly

反 insincerely 不真誠地

搭 cordially invite 誠摯地邀請

defray
[dɪˋfre]
v. 支付

換 **pay**
同 finance / fund / cover cost
反 take 拿取
搭 defray expenses 支付費用

diligently
[ˋdɪlədʒəntlɪ]
adv. 勤勉地

換 **assiduously**
同 conscientiously / ardently / restlessly
反 inactively 不活躍地；沒行動地
搭 study diligently 勤奮地學習

dramatic
[drəˋmætɪk]
adj. 引人注目的；顯著的

換 **striking**
同 impressive / breathtaking / startling
反 unimpressive 令人印象不深的
搭 dramatic improvement 重大的改善

encourage
[ɪnˋkɜɪdʒ]
v. 刺激；鼓勵；鼓舞

換 **promote**
同 stimulate / motivate / urge
反 weaken 減少；降低
搭 encourage innovation 鼓勵創新

excavate
[ˋɛkskə͵vet]
v. 挖掘

換 **scrape**
同 dig up / shovel / unearth
反 cover 掩蓋；隱藏
搭 excavate a large hole 挖個大洞

fatal
[ˋfetḷ]
adj. 致命的

換 **deadly**
同 fateful / noxious / destructive
反 fortunate 幸運的；有幸的
搭 a fatal mistake 無可挽回的錯誤

gauge

[gedʒ]

v. 估計；判斷；測量

換 **measure**

同 judge / ascertain / evaluate

反 guess 猜測

搭 difficult to gauge 難以判斷

hospitable

[ˈhɑspɪtəbḷ]

adj. 友善的；好客的；適宜生活的

換 **friendly**

同 cordial / kind / congenial

反 unfriendly 不友善的；冷淡的

搭 a hospitable climate 宜人的氣候

indigenous

[ɪnˋdɪdʒɪnəs]

adj. 當地的；本地的；土產的

換 **native**

同 inborn / domestic / primitive

反 foreign 外國的

搭 indigenous peoples 原住民；土著

intelligent

[ɪnˋtɛlədʒənt]

adj. 有才智的

換 **clever**

同 brilliant / shrewd / witty

反 uncreative 缺乏創造力的

搭 an intelligent robot 智慧型機器人

legitimately

[ləˋdʒɪtəmɪtlɪ]

adv. 正當地；合法地；合理地

換 **properly**

同 decently / lawfully / reliably

反 wrongly 不正確地；錯誤地

misfortune

[mɪsˋfɔrtʃən]

n. 不幸

換 **misery**

同 adversity / hardship / tragedy

反 delight 欣喜；愉快

搭 a great misfortune 大災難

offensive
[əˋfɛnsɪv]
adj. 冒犯的；唐突的

換 **disrespectful**
同 abusive / annoying / embarrassing
反 delightful 令人愉快的；令人高興的
搭 offensive jokes 令人不快的笑話

perishable
[ˋpɛrɪʃəbḷ]
adj. 易壞的

換 **corruptible**
同 decaying / unstable / short-lived
反 imperishable 不滅的；不朽的
搭 perishable food 易腐壞的食物

prejudiced
[ˋprɛdʒədɪst]
adj. 懷有偏見的；有成見的

換 **biased**
同 discriminatory / one-sided / inclined
反 equal 公平的；一視同仁的
搭 a prejudiced view 偏差的觀點

proponent
[prəˋponənt]
n. 支持者

換 **advocate**
同 defender / protector / enthusiast
反 opponent 對手；敵手
搭 leading proponents 主要支持者

reference
[ˋrɛfərəns]
n. 參考；證明；委託

換 **allusion**
同 evidence / endorsement / credentials
搭 a reference letter 推薦書；推薦信

retard
[rɪˋtard]
v. 延緩；推遲；阻礙

換 **slow down**
同 obstruct / hinder / impede
反 promote 晉升；促進；發揚
搭 retard progress 阻礙進度

sentiment

[ˋsɛntəmənt]

n. 感情

換 **emotion**

同 feeling / compassion / passion

反 unfeelingness 無感；冷漠

搭 a hostile sentiment 敵意

squander

[ˋskwɑndɚ]

v. 浪費；揮霍

換 **waste**

同 fritter away / exhaust / deplete

反 save 儲存；存錢

搭 squander the opportunity 錯失掉機會

superficially

[ˋsupɚˋfɪʃəlɪ]

adv. 膚淺地；一知半解地

換 **without deeper analysis**

同 apparently / externally / on the surface

反 deeply 深入地

搭 superficially attractive 虛有其表

torrential

[tɔˋrɛnʃəl]

adj. 急流的

換 **overflowing**

同 abounding / swarming / teeming

反 smooth 平穩的；順暢的；平滑的

搭 torrential rain 傾盆大雨

unscrupulous

[ʌnˋskrupjələs]

adj. 無道德的；狂妄的

換 **dishonest**

同 unprincipled / immoral / crooked

反 honorable 可尊敬的；高尚的

搭 unscrupulous businessmen 不擇手段的生意人

weaken

[ˋwikən]

v. 使變弱；弱化

換 **decline**

同 dwindle / impair / undermine

反 strengthen 強化；加強

搭 weaken one's ability 削弱某人的能力

本章單字之音檔收錄於第 40 軌

addiction

[ə`dɪkʃən]

n. 上癮

- 換 **obsession**
- 同 dependence / inclination / craving
- 反 dislike 不喜歡；厭惡
- 搭 Internet addiction 網路成癮

appeal

[ə`pil]

v. 訴諸；吸引；呼籲

- 換 **claim**
- 同 allure / engage / attract
- 反 refuse 拒絕
- 搭 appeal strongly 強烈吸引

battle

[`bætḷ]

n. / *v.* 戰役；戰鬥

- 換 **hostility**
- 同 attack / warfare / combat
- 反 harmony 和睦；融洽
- 搭 battle against 與……鬥爭

collaborate

[kə`læbə,ret]

v. 合作；協同

- 換 **cooperate**
- 同 participate / tie in / work with
- 反 disagree 不同意
- 搭 collaborate closely 密切合作

confused

[kən`fjuzd]

adj. 混亂的

- 換 **perplexed**
- 同 muddled / disorganized / haphazard
- 反 ordered 整齊的
- 搭 confused feelings 亂糟糟的心情

core

[kor]

n. 中心；核心

- 換 **center**
- 同 gist / crux / essence
- 反 exterior 外部；外來；表面
- 搭 core values 核心價值

deject

[dɪˋdʒɛkt]

v. 使灰心；使沮喪

換 **dispirit**

同 discourage / dishearten / lower spirits

反 encourage 鼓勵；激發

搭 The bad news dejected me.
壞消息使我感到沮喪。

dilute

[daɪˋlut]

v. 稀釋；減緩；減輕

換 **diminish**

同 lessen / water down / thin out

反 aggravate 加重；惡化

搭 dilute juice with water 以水稀釋果汁

dramatically

[drəˋmætɪklɪ]

adv. 明顯地；誇張地

換 **greatly**

同 definitely / excellently / forcefully

反 calmly 平穩地；沉著地

搭 increase dramatically 顯著地上揚

encroach

[ɪnˋkrotʃ]

v. 侵略；侵犯

換 **trespass**

同 entrench / infringe / invade

反 keep off 遠離；避開

搭 encroach on public land 侵佔公用土地

exceedingly

[ɪkˋsidɪŋlɪ]

adv. 極度地；非常地

換 **highly**

同 remarkably / unusually / exceptionally

反 little 少量地

搭 exceedingly hot 極其熱

favorable

[ˋfevərəbḷ]

adj. 稱讚的；討喜的

換 **agreeable**

同 gratifying / pleasing / welcome

反 hateful 可憎的

搭 a favorable climate 宜人的氣候

gaze
[gez]
v. 凝視

換 **stare at**
同 size up / inspect / scrutinize
反 look away 不看；別開頭不理會
搭 gaze into her eyes 凝視著她的雙眼

hostile
[ˋhastl̩]
adj. 敵對的；發怒的；惡劣的

換 **furious**
同 irate / aggressive / provoked
反 agreeable 令人愉快的；宜人的
搭 a hostile environment 惡劣的環境

indispensable
[ˏɪndɪsˋpɛnsəbl̩]
adj. 必不可少的；不可或缺的

換 **essential**
同 imperative / necessary / fundamental
反 minor 次要的；不重要的
搭 indispensable resources
不可或缺的資源

intelligible
[ɪnˋtɛlədʒəbl̩]
adj. 可理解的；易懂的

換 **comprehensible**
同 understandable / apprehensible / distinct
反 confusing 令人困惑的
搭 an intelligible set of directions
易懂的指引

leverage
[ˋlɛvərɪdʒ]
n. 影響力；槓桿作用

換 **advantage**
同 influence / authority / power
反 weakness 弱點；不足
搭 have greater leverage
有更大之影響力

mishandle
[mɪsˋhændl̩]
v. 亂弄；胡亂處置

換 **misapply**
同 mess up / misuse / abuse
反 succeed 成事；成功
搭 mishandle the project 對案子處理不當

one-up
[ˌwʌnˋʌp]
v. 領先；略勝一籌

換 **trump**
同 exceed / defeat / surpass
搭 one-up other people 領先他人

permanent
[ˋpɝmənənt]
adj. 永久的；耐久的

換 **lasting**
同 durable / enduring / perpetual
反 mortal 會死的；臨死的
搭 permanent residence 永久居住地

premise
[ˋprɛmɪs]
n. 前提；假定

換 **assertion**
同 thesis / posit / assumption
反 denial 否定；否認
搭 the minor premise 小前提

proportion
[prəˋporʃən]
n. 協調；均衡；比例；部分

換 **bulk**
同 distribution / dimension / percentage
反 imbalance 不均衡；不平衡
搭 a large proportion of 很大比例

refined
[rɪˋfaɪnd]
adj. 精煉的；精製的；文雅的

換 **cultivated**
同 polished / cultured / purified
反 harsh 粗糙的
搭 refined sugar 精製糖

retrieval
[rɪˋtrivḷ]
n. 取出；恢復；修正

換 **recovery**
同 comeback / healing / improvement
反 misplacement 誤置；遺忘
搭 information retrieval 資訊檢索

separate

[ˋsɛpə͵ret]

adj. 各自的；不同的；單獨的

換 **discrete**
同 distinct / different / unique
反 united 一致的
搭 in separate buildings 不同大樓中

stab

[stæb]

v. 刺傷；刺痛

換 **puncture**
同 punch / injure / prick
反 heal 復原；修復
搭 stab into 刺入

superior

[səˋpɪrɪɚ]

adj. 較優越的

換 **exclusive**
同 preferable / first-rate / premium
反 humble 謙虛的；卑微的
搭 superior leather 上等皮革

trace

[tres]

n. 痕跡；蹤跡；少量；些許

換 **indication**
同 remnant / relic / fragment
反 lot 許多
搭 detect traces of 發現痕跡

unsettled

[ʌnˋsɛtl̩d]

adj. 不安的；不穩的；翻騰的

換 **confused**
同 insecure / shaky / troubled
反 fixed 固定的
搭 unsettled weather 多變的天氣

whereas

[hwɛrˋæz]

conj. 反之；然而

換 **while**
同 since / nevertheless / although

Mini test 8

★ 下列各個句子當中的劃線字意思最接近何者？

Q1. Mr. Chen's sharp business acumen made him rise to the top quickly.
(A) format
(B) insight
(C) ignorance
(D) fault

Q2. The mayor visited the typhoon zone to coordinate the rescue effort.
(A) recruit
(B) dispatch
(C) register
(D) organize

Q3. The lady occasionally drinks red wine but never beer.
(A) never
(B) often
(C) now and then
(D) routinely

Q4. It's a recurrent problem. Let's do something about it.
(A) strange
(B) repeating
(C) isolated
(D) slight

Q5. Rabbits are often vulnerable to attack.
(A) susceptible
(B) strengthened
(C) creative
(D) passionate

Q6. Local farmers use water to irrigate the barren land.
(A) sterile
(B) rich
(C) interesting
(D) fruitful

Q7. Although Mr. Chen nodded his head, he still looked pretty doubtful.
(A) trustworthy
(B) perplexed
(C) certain
(D) positive

Q8. The evidence indicates that our experiments have been pretty successful.
(A) shifts
(B) comprehends
(C) suggests
(D) conceals

Q9. Some competitors have been <u>spreading</u> rumors about us.
(A) controlling
(B) covering
(C) disguising
(D) publishing

Q10. No one can really <u>tolerate</u> Jack's rudeness.
(A) correct
(B) endure
(C) ban
(D) solve

Q11. Lack of business knowledge can be a <u>barrier</u> to success in the company.
(A) responsibility
(B) benefit
(C) impediment
(D) promotion

Q12. Helen is a <u>diligent</u> worker and will soon get promoted.
(A) earnest
(B) lazy
(C) indifferent
(D) dilatory

Q13. People nowadays are <u>indifferent</u> to other people's suffering.
(A) ambitious
(B) appealing
(C) disinterested
(D) passionate

Q14. This lengthy report is filled with <u>redundant</u> phrases.
(A) critical
(B) inessential
(C) needed
(D) necessary

Q15. The strategy has been considered as an <u>unprecedented</u> success.
(A) extraordinary
(B) dull
(C) usual
(D) expected

Q16. She is the <u>apparent</u> winner of the competition.
(A) honest
(B) ostensible
(C) vague
(D) hazy

Q17. A team of archaeologists is <u>excavating</u> the site for more fossils.
(A) delivering
(B) designing
(C) digging up
(D) discussing

Q18. These elephants are <u>indigenous</u> to Thailand.
(A) effective
(B) intensive
(C) superficial
(D) native

Q19. The country's economic progress was <u>retarded</u> by protests.
(A) recalled
(B) diminished
(C) advanced
(D) fostered

Q20. The poor boy has <u>squandered</u> the opportunity to go to college.
(A) accomplished
(B) wasted
(C) touched
(D) obtained

Q21. All team members must <u>collaborate</u> well to achieve the sales goal.
(A) deploy
(B) cooperate
(C) distribute
(D) enlarge

Q22. The mother <u>diluted</u> the concentrated juice with water.
(A) disagreed
(B) empowered
(C) weakened
(D) boosted

Q23. Many people died due to the <u>hostile</u> climatic conditions in that country.
(A) adverse
(B) optimistic
(C) mild
(D) congenial

Q24. Oil needs to be <u>refined</u> before it can be used.
(A) analyzed
(B) disgraced
(C) impure
(D) purified

Q25. We need to resolve all the <u>unsettled</u> issues today.
(A) beneficial
(B) undetermined
(C) completed
(D) precise

Answer Key

Q1. (B)

譯 陳先生對業務的敏感度讓他很快在公司晉升高位。

(A) 型式　(B) 見解
(C) 不瞭解　(D) 錯誤

Q2. (D)

譯 市長親臨颱風災區並指揮救援行動。

(A) 聘請　(B) 派送
(C) 註冊　(D) 組織

Q3. (C)

譯 那位小姐有時會喝個紅酒，但沒喝過啤酒。

(A) 從未　(B) 經常
(C) 三不五時　(D) 經常

Q4. (B)

譯 那是個持續性的問題。我們來想辦法解決。

(A) 奇怪的　(B) 重複的
(C) 個別的　(D) 輕微的

Q5. (A)

譯 小兔子很容易因攻擊而受到驚嚇。

(A) 易受影響的　(B) 增強的
(C) 有創意的　(D) 有熱情的

Q6. (A)

譯 當地農夫用水灌溉不毛之地。

(A) 貧瘠的　(B) 富有的
(C) 有趣的　(D) 成果豐碩的

Q7. (B)

譯 雖然陳先生點頭，但他看起來還是面露懷疑。

(A) 值得信賴的　(B) 疑惑的
(C) 確定的　(D) 正面的

Q8. (C)

譯 由證據可看出我們的實驗頗為成功。

(A) 轉移　(B) 理解
(C) 顯示；啟示　(D) 隱藏

Q9. (D)

譯 一些競爭對手一直散佈關於我們的不實謠言。

(A) 控制　(B) 隱匿
(C) 隱藏　(D) 公開

Q10. (B)

譯 沒人可忍受傑克的無禮。

(A) 改正　(B) 忍受
(C) 禁止　(D) 解決

Q11. (C)

譯 缺乏商業概念可能會成為在公司出頭的絆腳石。

(A) 責任　(B) 好處
(C) 阻礙　(D) 升官

Q12. (A)

譯 海倫是個勤奮的員工，很快就會被升遷。

(A) 認真的　(B) 懶散的
(C) 漠不關心的　(D) 拖延的

Q13. (C)

譯 現今人們很難對其他人的困難感同身受。

(A) 有野心的 (B) 吸引人的
(C) 不感興趣的 (D) 有熱情的

Q14. (B)

譯 這份冗長的報告內充滿著多餘的字句。

(A) 關鍵的 (B) 不重要的
(C) 必須的 (D) 需要的

Q15. (A)

譯 該策略被視為是前所未有的成功。

(A) 非凡的 (B) 無趣的
(C) 平凡的 (D) 預期的

Q16. (B)

譯 很明顯她就是這項比賽的贏家。

(A) 誠實的 (B) 顯然的
(C) 模糊的 (D) 不清楚的

Q17. (C)

譯 一群考古學家在此處挖掘想找到更多化石。

(A) 運送 (B) 設計
(C) 挖掘 (D) 討論

Q18. (D)

譯 這些是在泰國本地的大象。

(A) 有效的 (B) 密集的
(C) 膚淺的 (D) 本土的

Q19. (B)

譯 那國家的經濟進展被不斷的抗議拖垮了。

(A) 回憶 (B) 減弱
(C) 精進 (D) 培養

Q20. (B)

譯 貧窮的男孩放棄上大學的機會。

(A) 達成 (B) 浪費；失去
(C) 觸碰 (D) 取得

Q21. (B)

譯 全體同仁必須合作無間以達成業績目標。

(A) 部署 (B) 合作
(C) 分配 (D) 增大

Q22. (C)

譯 媽媽將濃縮過的果汁用水稀釋。

(A) 反對 (B) 授權
(C) 使變弱 (D) 增強

Q23. (A)

譯 在那國家很多人因嚴酷的天候而死亡。

(A) 不利的 (B) 樂觀的
(C) 溫和的 (D) 合宜的

Q24. (D)

譯 石油在可以使用之前要先經過精煉。

(A) 分析 (B) 使蒙羞
(C) 不純的 (D) 淨化的

Q25. (B)

譯 我們今天要將尚未解決的議題解決一下。

(A) 有益的 (B) 尚未決定的
(C) 完成的 (D) 明確的

NOTES

本章單字之音檔收錄於第 41 軌

adept
[ə`dɛpt]
adj. 熟練的；內行的

換 **skillful**
同 capable / expert / proficient
反 clumsy 笨拙的
搭 an adept piano player
技法純熟的鋼琴演奏者

appetite
[`æpə,taɪt]
n. 胃口；食慾；愛好；渴求

換 **craving**
同 longing / demand / inclination
反 disgust 作嘔
搭 lose one's appetite 失去胃口

behavior
[bɪ`hevjɚ]
n. 行為；舉止；態度

換 **manner**
同 demeanor / nature / style
反 bad manners 行為不端
搭 individual behavior 個人行為

collapse
[kə`læps]
n. 崩潰；瓦解

換 **disintegrate**
同 break down / fall apart / shatter
反 success 成功；勝利
搭 the collapse of a building 大樓的倒塌

congruent
[`kaŋgrʊənt]
adj. 適合的；一致的

換 **agreeable**
同 harmonious / compatible / consistent
反 disagreeable 不合意的
搭 congruent triangle 全等三角形

correspond
[,kɔrɪ`spand]
v. 符合；一致；相當

換 **coincide**
同 correlate / resemble / match
反 deviate 脫離；越軌
搭 correspond with 與……相符合

deliberation

[dɪˌlɪbəˋreʃən]

n. 審議；商議

換 **discussion**
同 debate / consultation / consideration
反 disregard 漠視；不管
搭 careful deliberation 詳加討論

diminish

[dəˋmɪnɪʃ]

v. 減少

換 **abate**
同 lessen / subside / shrink
反 grow 成長
搭 diminish the power 削弱權力

drastically

[ˋdræstɪkḷɪ]

adv. 徹底地；劇烈地

換 **severely**
同 extremely / excessively / utterly
反 mildly 溫和地
搭 change drastically 徹底地改變

encumbrance

[ɪnˋkʌmbrəns]

n. 負擔；妨礙

換 **obstacle**
同 burden / drag / load
反 support 支持；支援
搭 without encumbrance 無負擔

excel

[ɪkˋsɛl]

v. 勝過；優於

換 **surpass**
同 exceed / outshine / show talent
反 fall behind 落後
搭 excel at tennis 網球打得很出色

feasible

[ˋfizəbḷ]

adj. 可行的；合理的

換 **achievable**
同 doable / attainable / practical
反 improper 不恰當的
搭 a feasible scheme 可行的方案

generally
[ˋʤɛnərəlɪ]
adv. 通常；大致上；整體上；普遍地

- 換 **commonly**
- 同 habitually / on the whole / in most cases
- 反 rarely 鮮少
- 搭 generally speaking 一般來說

humble
[ˋhʌmbḷ]
adj. 謙遜的；卑微的

- 換 **modest**
- 同 meek / gentle / soft-spoken
- 反 brave 勇敢的；進取的
- 搭 humble beginnings 出身卑微

indisputable
[ˌɪndɪˋspjutəbḷ]
adj. 肯定的

- 換 **evident**
- 同 unquestionable / unfabled / undeniable
- 反 unsure 不確定的
- 搭 an indisputable fact 不容置疑的事實

intense
[ɪnˋtɛns]
adj. 高強度的；密集的；極端的

- 換 **extreme**
- 同 forceful / sharp / harsh
- 反 pale 失色的；淡的；蒼白的
- 搭 intense competition 激烈的競爭

likewise
[ˋlaɪkˏwaɪz]
adv. 同樣地；此外

- 換 **similarly**
- 同 besides / also / furthermore
- 反 differently 不同地；相異地

mission
[ˋmɪʃən]
n. 任務

- 換 **lifework**
- 同 aim / assignment / calling
- 反 pastime 消遣；娛樂
- 搭 accomplish a mission 達成任務

operate
[`apə,ret]
v. 運轉；操作；營業

換 **function**
同 perform / conduct / engage
反 idle 空轉；閒置
搭 operate a business 經營公司

permeate
[`pɜmɪ,et]
v. 瀰漫；散佈

換 **saturate**
同 fill with / penetrate / infuse
搭 permeate through 散佈；充斥

preposterous
[pri`pastərəs]
adj. 荒謬的；反常的；可笑的

換 **unbelievable**
同 bizarre / senseless / unreasonable
反 reasonable 合理的
搭 a preposterous suggestion 可笑的建議

propose
[prə`poz]
v. 提議；推薦；打算

換 **suggest**
同 nominate / recommend / come up with
反 reject 拒絕
搭 propose an alternative 提出額外選項

reflection
[rɪ`flɛkʃən]
n. 映象；反射

換 **image**
同 portrait / snapshot / picture
反 original 原版；真品
搭 reflection in the mirror 鏡中影像

retrospect
[`rɛtrə,spɛkt]
v. 回想；反省；回顧

換 **recollect**
同 remember / reminisce / recall
反 anticipate 預料；期望
搭 in retrospect 回想起來

sequence

[ˋsikwəns]

n. 順序；次序

換 **order**

同 array / progression / arrangement

反 disorder 混亂；無秩序

搭 sequence of events 一連串事件

stable

[ˋstebḷ]

adj. 堅定的；穩固的

換 **secure**

同 steady / firm / resolute

反 unreliable 不可靠的

搭 a stable relationship 穩定的關係

supersede

[ˌsupɚˋsid]

v. 取代；替代；接替

換 **replace**

同 supplant / take over / deputize

反 retain 保留；保持

搭 be superseded by 被……取代

track

[træk]

v. 追蹤

換 **follow**

同 trail / trace / record

反 guide 引領；帶頭

搭 track down 追蹤後發現

unsolicited

[ˌʌnsəˋlɪsətɪd]

adj. 未經要求的；主動提供的

換 **undesirable**

同 uninvited / unsought / free-willed

反 requested 要求的；經請求的

搭 unsolicited emails 廣告電郵（指網路上亂發之宣傳電子郵件）

widespread

[ˋwaɪdˌsprɛd]

adj. 廣佈的；普遍的

換 **prevalent**

同 ubiquitous / broad / extensive

反 limited 有限的

搭 widespread interests 廣泛的興趣

本章單字之音檔收錄於第 42 軌

adequate

[ˋædəkwɪt]

adj. 足夠的；合格的；合乎需求的

換 **sufficient**
同 ample / enough / decent
反 insufficient 不足的
搭 adequate information 足夠的資訊

application

[ˏæpləˋkeʃən]

n. 應用；運用；申請

換 **utilization**
同 function / operation / exercise
反 misuse 濫用；誤用
搭 accept one's application 接受申請

beneficial

[ˏbɛnəˋfɪʃəl]

adj. 有利的

換 **favorable**
同 constructive / valuable / advantageous
反 unhelpful 沒幫助的
搭 mutually beneficial 雙方互利

collected

[kəˋlɛktɪd]

adj. 鎮定的；平靜的

換 **calm**
同 composed / unruffled / laid-back
反 disorganized 混亂的
搭 calm and collected 淡定的

conjecture

[kənˋdʒɛktʃɚ]

v. 猜測；推測；占卜

換 **speculate**
同 assume / deem / expect
反 make sure 確定；確認
搭 conjecture about 推測……之事

cosmopolitan

[ˏkazməˋpalətn̩]

adj. 世界的；國際性的

換 **worldwide**
同 urbane / universal / global
反 rural 鄉下的；土氣的
搭 a cosmopolitan city 國際大都會

delicate

[ˋdɛləkət]

adj. 易碎的；嬌貴的；嬌弱的

換 **fragile**
同 elegant / subtle / breakable
反 harsh 粗糙的
搭 delicate fabrics 精緻的布料

diminutive

[dəˋmɪnjətɪv]

adj. 極小的

換 **minute**
同 tiny / miniature / slight
反 enormous 龐大的；巨大的
搭 a diminutive child 小小的孩子

drawback

[ˋdrɔ,bæk]

n. 缺點

換 **shortcoming**
同 defect / fault / flaw
反 advantage 優勢
搭 a serious drawback 嚴重缺失

endeavor

[ɪnˋdɛvɚ]

n. 努力；試圖；盡力

換 **effort**
同 undertaking / striving / labor
反 passivity 被動；消極
搭 the endeavor to climb the Everest 試圖登上聖母峰

exception

[ɪkˋsɛpʃən]

n. 例外

換 **exemption**
同 privilege / oddity / special case
反 allowance 承認；許可；容忍
搭 without exception 不例外地

feat

[fit]

n. 功績；業績

換 **remarkable achievement**
同 accomplishment / triumph / victory
反 idleness 一事無成
搭 a marvelous feat 非凡的功績

generate
[ˋdʒɛnə͵ret]
v. 產生；創造；生成

換 **produce**
同 create / bring about / develop
反 prevent 預防；防止
搭 generate electricity 發電

hurdle
[ˋhɝdl̩]
n. 障礙；困難

換 **barrier**
同 obstacle / hamper / snag
反 assistance 協助；幫忙
搭 overcome hurdles 克服困難

individual
[͵ɪndəˋvɪdʒuəl]
adj. 個人的；單獨的；獨特的

換 **personal**
同 separate / sole / special
反 group 團體
搭 individual freedom 個人自由

intensity
[ɪnˋtɛnsətɪ]
n. 強度；烈度

換 **strength**
同 anxiety / concentration / ferocity
反 apathy 無感情；淡然
搭 reduce the intensity 降低強度

linger
[ˋlɪŋgɚ]
v. 徘徊；揮之不去

換 **stick around**
同 remain / cling / hang on
反 forward 向前；提前
搭 linger for a while 徘徊一會兒

moderate
[ˋmɑdərɪt]
adj. 溫和的

換 **not extreme**
同 calm / gentle / neutral
反 violent 暴力的
搭 moderate ability 中等能力

oppose
[əˋpoz]
v. 反對；不贊成

換 **defy**
同 impugn / contradict / dispute
反 support 支持；支援
搭 oppose the government 反抗政府

permit
[pɚˋmɪt]
v. 允許；允准

換 **allow**
同 license / admit / privilege
反 oppose 反對；反抗
搭 without a permit 未經許可

prerequisite
[ˏpriˋrɛkwəzɪt]
n. 首要事物；必要條件

換 **requirement**
同 condition / qualification / requisite
反 optional 非強制的
搭 an essential prerequisite 主要條件；先決要素

propulsion
[prəˋpʌlʃən]
n. 推進力

換 **moving forward**
同 force / impulse / push
反 inactivity 無動作；停滯
搭 jet propulsion 噴射推進

reflective
[rɪˋflɛktɪv]
adj. 反射的；思考的；沉思的

換 **meditative**
同 thoughtful / pondering / speculative
反 unreflective 粗心的

reveal
[rɪˋvil]
v. 揭露；揭開；公諸於世

換 **display**
同 disclose / confess / expose
反 cover 掩蓋；隱藏
搭 reveal the truth 揭露事實

setback

[ˋsɛt͵bæk]

n. 挫敗；障礙

換 **defeat**

同 misfortune / obstacle / trouble

反 achievement 成就

搭 a temporary setback 一時的挫折

stagnate

[ˋstægnet]

v. 停滯

換 **stop moving forward**

同 decline / stand still / stifle

反 boom 激增；暴漲

搭 His career had stagnated.
他的事業無法發展。

suppress

[səˋprɛs]

v. 鎮定；平定；壓制

換 **overcome**

同 restrain / conceal / put an end to

反 permit 允准

搭 suppress one's anger 壓抑怒氣

traditionally

[trəˋdɪʃənḷɪ]

adv. 根據傳統地；習慣上

換 **typically**

同 customarily / normally / generally

反 exceptionally 例外地

unstable

[ʌnˋstebḷ]

adj. 動搖的；不穩定的

換 **shaky**

同 wavering / fickle / unsteady

反 constant 固定的；不變的

搭 an unstable condition 不穩定的狀況

wisdom

[ˋwɪzdəm]

n. 智慧

換 **acumen**

同 foresight / sanity / savvy

反 inability 無能

搭 a man of great wisdom 有大智慧之人

本章單字之音檔收錄於第 43 軌

adjacent

[əˋdʒesənt]

adj. 鄰近的；鄰接的

㊑ **neighboring**
同 nearby / adjoining / bordering
反 separate 分開的
搭 adjacent buildings 鄰近大樓

appraisal

[əˋprezḷ]

n. 評價；估量

換 **judgment**
同 estimation / assessment / evaluation
搭 an appraisal interview 評估面談

bestow

[bɪˋsto]

v. 捐贈；給予

換 **donate**
同 provide / fund / favor
反 deprive 剝奪
搭 bestow high praise on the winner 對贏家給予讚揚

collision

[kəˋlɪʒən]

n. 撞擊；衝突

換 **accident**
同 smash / crash / bump
反 avoidance 迴避
搭 a collision of interests 利益衝突

conjunction

[kənˋdʒʌŋkʃən]

n. 連結；關聯；連接

換 **combination**
同 affiliation / union / alliance
反 disunion 分裂；不統一
搭 a conjunction of circumstances 一連串事件

counter

[ˋkaʊntɚ]

v. 反對；反駁；反擊

換 **act against**
同 oppose / counteract / resist
反 agree 同意
搭 counter all criticisms 對批評提出反駁

delighted
[dɪ`laɪtɪd]
adj. 高興的；快樂的

換 **charmed**
同 excited / overjoyed / pleased
反 depressed 憂慮的
搭 delighted with 對……感到滿意

discard
[dɪs`kard]
v. 丟棄

換 **abandon**
同 throw away / get rid of / cancel
反 ratify 批准；認可
搭 discard old beliefs 丟掉舊觀念

dread
[drɛd]
v. 恐懼

換 **frighten**
同 terrify / horrify / fear
反 welcome 歡迎；欣然接受
搭 dread to think 不敢想

endorse
[ɪn`dɔrs]
v. 認可；贊同

換 **approve**
同 confirm / assert / ratify
反 censure 責備；譴責
搭 endorse plans 贊成計劃

exceptional
[ɪk`sɛpʃənl̩]
adj. 非凡的；優異的

換 **extraordinary**
同 first-rate / marvelous / world-class
反 standard 一般的；標準的
搭 exceptional personality 傑出的人格

feature
[fitʃɚ]
n. 特色

換 **trait**
同 hallmark / quality / virtue
反 mediocrity 平庸
搭 display the main features
展現主要特色

generation
[ˌdʒɛnəˋreʃən]
n. 世代

換 **era**
同 period / times / span
搭 young generation 年輕世代

identical
[aɪˋdɛntɪkḷ]
adj. 相同的；同一的

換 **unified**
同 duplicate / matching / similar
反 different 不同的；相異的
搭 identical opinions 意見相同

induce
[ɪnˋdjus]
v. 引誘；引發；導致

換 **stimulate**
同 activate / urge / promote
反 delay 延誤；遲緩
搭 induce changes 造成變化

intent
[ɪnˋtɛnt]
adj. 專注的；專心致志的

換 **immersed**
同 eager / determined / focused
反 distracted 分心的；思想不集中的
搭 be intent on work 埋首於工作

literacy
[ˋlɪtərəsɪ]
n. 讀寫能力

換 **education**
同 knowledge / proficiency / learning
反 ignorance 無知
搭 literacy rate 識字率

modest
[ˋmadɪst]
adj. 謙虛的；審慎的；適中的

換 **ordinary**
同 humble / moderate / plain
反 outrageous 無節制的
搭 a modest manner 端莊的舉止

opposition
[ˌɑpəˋzɪʃən]
n. 對立；對手

換 **competition**
同 resistance / confrontation / struggle
反 ally 同盟；夥伴
搭 in opposition to 反對；反抗

perpetual
[pəˋpɛtʃuəl]
adj. 永久的；不間斷的

換 **constant**
同 continuous / unending / incessant
反 temporary 臨時的；暫時的
搭 a perpetual license 永久授權

pressing
[ˋprɛsɪŋ]
adj. 迫切的

換 **urgent**
同 burning / serious / forcing
反 insignificant 不重要的
搭 a pressing issue 當務之急

prospect
[ˋprɑspɛkt]
n. 可能性；前景；指望

換 **possibility**
同 likelihood / probability / outlook
反 certainty 確定性
搭 prospect of success 成功的希望

refuse
[rɪˋfjuz]
v. 拒絕

換 **reject**
同 decline / deny / turn down
反 accept 接受
搭 refuse an invitation 回絕邀約

revere
[rɪˋvɪr]
v. 尊敬；崇敬

換 **respect**
同 venerate / admire / honor
反 defame 誹謗
搭 The students revere the professor.
學生尊敬教授。

settle
[ˋsɛtḷ]
v. 安頓；定居；安排

換 **establish**
同 dwell / reside / lodge
反 take off 起飛；啓程
搭 settle down 坐定；安定下來

stake
[stek]
n. 股份；利害關係

換 **share**
同 investment / involvement / interest
搭 have a stake in something 與……有利害關係

surmount
[sɚˋmaʊnt]
v. 克服；越過；居……之上

換 **overcome**
同 defeat / conquer / overpower
反 lose 失敗；失去
搭 surmount difficulties 克服困難

trait
[tret]
n. 特徵；特點；特性

換 **attribute**
同 feature / character / quality
反 normality 常態
搭 personality traits 個人特質

untamed
[ʌnˋtemd]
adj. 野生的

換 **wild**
同 uncultivated / native / savage
反 domesticated 馴化的；人工培養的
搭 untamed animals 未受馴服的動物

withdraw
[wɪðˋdrɔ]
v. 撤退

換 **retreat**
同 recede / draw back / drop out
反 engage 交戰；進攻
搭 withdraw completely 全部撤出

本章單字之音檔收錄於第 44 軌

admonish

[əd`manɪʃ]

v. 告誡；警告；責備

換 **warn**
同 advice / counsel / scold
反 flatter 諂媚
搭 admonish him to work harder
勸告他更努力工作

apprentice

[ə`prɛntɪs]

n. 徒弟；見習生

換 **amateur**
同 novice / beginner / newcomer
反 expert 專家
搭 a young apprentice 年輕學徒

bias

[`baɪəs]

n. 偏心；偏見

換 **prejudice**
同 preference / leaning / penchant
反 justice 公平；公正
搭 a strong bias 強烈的偏見

colonize

[`kaləˌnaɪz]

v. 將……開拓為殖民地

換 **settle**
同 migrate / transplant / immigrate
搭 be colonized by 被……殖民

connotation

[ˌkanə`teʃən]

n. 言下之意；弦外之音

換 **meaning**
同 essence / implication / suggestion
反 denotation 本意
搭 a negative connotation 負面意味

counteract

[ˌkaʊntɚ`ækt]

v. 抵抗；對抗；抵消

換 **rectify**
同 resist / oppose / offset
反 approve 同意；批准
搭 counteract inflation 對抗通膨

delineate

[dɪˋlɪnɪˏet]

v. 描畫；記述

換 **describe**
同 portray / outline / represent
反 distort 扭曲；曲解
搭 be clearly delineated by 清楚地描述出

discern

[dɪˋsɜn]

v. 分辨；看出；識別

換 **identify**
同 detect / figure out / perceive
反 doubt 懷疑；不信；不肯定
搭 to discern right from wrong 明辨是非

drill

[drɪl]

v. 訓練；練習

換 **train**
同 instruct / rehearse / tune up
反 neglect 忘了做；忽略
搭 drill someone in listening 訓練聽力

endow

[ɪnˋdaʊ]

v. 授與；給予

換 **provide**
同 grant / supply / furnish
反 withhold 抑制；阻擋
搭 The girl was endowed with beauty.
那女孩擁有美貌。

exceptionally

[ɪkˋsɛpʃənəlɪ]

adv. 傑出地；非凡地；優異地

換 **extraordinarily**
同 unusually / especially / abnormally
反 normally 正常地；通常
搭 exceptionally talented 極有才情

feebly

[ˋfiblɪ]

adv. 衰弱地；無力地；乏力地

換 **weakly**
同 awkwardly / ineffectively / incompetently
反 powerfully 強大地；強烈地
搭 say feebly 乏力地說

generous
[ˋdʒɛnərəs]
adj. 豐富的；慷慨的

- 換 **abundant**
- 同 plentiful / in great numbers / wealthy
- 反 greedy 貪婪的
- 搭 a generous donor 慷慨的捐款人

identify
[aɪˋdɛntə͵faɪ]
v. 辨認

- 換 **diagnose**
- 同 classify / single out / pinpoint
- 反 confuse 混淆；使困惑
- 搭 identify the problem 點出問題所在

industrious
[ɪnˋdʌstrɪəs]
adj. 勤勉的；勤奮的；勤勞的

- 換 **diligent**
- 同 hardworking / energetic / productive
- 反 slack 懶散的
- 搭 an industrious man 勤勞的人

interact
[͵ɪntəˋrækt]
v. 互相作用；交流

- 換 **collaborate**
- 同 connect / cooperate / relate
- 反 disconnect 分離；分開；斷開關係
- 搭 interact directly 直接交流

literally
[ˋlɪtərəlɪ]
adv. 實在地

- 換 **in reality**
- 同 actually / exactly / precisely
- 反 loosely 鬆散地
- 搭 literally true 確實是對的

modify
[ˋmɑdə͵faɪ]
v. 改變；修改

- 換 **change**
- 同 alter / transform / revise
- 反 remain 保持；維持
- 搭 slightly modify 稍加修改

optical
[ˋaptɪkl̩]
adj. 視覺的；眼的

換 **visual**
同 seeing / visible / ocular
搭 optical art 視覺藝術

perpetuate
[pɚˋpɛtʃuˏet]
v. 使永久存在；使不朽

換 **immortalize**
同 maintain / preserve / eternize
反 eradicate 根絕；消滅
搭 perpetuate a myth 使迷思深植人心

prestige
[prɛsˋtiʒ]
n. 名望；聲望；威望

換 **status**
同 reputation / standing / position
反 unimportance 無足輕重之事
搭 social prestige 社會地位

prosper
[ˋpraspɚ]
v. 繁榮；興旺

換 **thrive**
同 flourish / succeed / progress
反 fail 失敗；失去
搭 The company prospered.
公司發達起來。

refute
[rɪˋfjut]
v. 反駁；否認

換 **disprove**
同 rebut / oppose / contradict
反 approve 同意；批准
搭 refute a theory 反駁理論

reverse
[rɪˋvɝs]
n. 失敗；相反；背面

換 **reversal**
同 adversity / defeat / setback
反 success 成功；勝利
搭 in reverse order 順序相反；顛倒

sever

[ˋsɛvɚ]

v. 切斷；斷絕

- 換 **cut off**
- 同 detach / disconnect / split
- 反 attach 依附
- 搭 sever connection 切斷關係

stalemate

[ˋstel,met]

n. 僵局；困境；膠著狀態

- 換 **impasse**
- 同 pause / deadlock / standstill
- 反 smoothness 平滑；流暢
- 搭 break a stalemate 打破僵局

surpass

[sɚˋpæs]

v. 勝過；優於；大於

- 換 **be higher than**
- 同 exceed / outweigh / outperform
- 反 fall behind 落後
- 搭 surpass the record 超越紀錄

tramp

[træmp]

v. 步行；踐踏；踩踏

- 換 **parade**
- 同 march / hike / ramble
- 反 tiptoe 墊腳尖；躡手躡腳
- 搭 tramp through the woods 在森林中跋涉

untangle

[ʌnˋtæŋg!]

v. 解開糾結；整頓

- 換 **straighten out**
- 同 clear up / solve / untwist
- 反 tangle 糾結；糾纏
- 搭 untangle the cord 將電線解開整理好

withhold

[wɪðˋhold]

v. 保留；抑制；扣留

- 換 **maintain**
- 同 retain / keep / conceal
- 反 let go 放開；放鬆
- 搭 withhold information 拒絕提供消息

本章單字之音檔收錄於第 45 軌

adolescent

[ˌædḷˋɛsṇt]

adj. 青少年的；不成熟的

- 換 **teen**
- 同 immature / juvenile / youthful
- 反 mature 成熟的
- 搭 an adolescent girl 年輕女孩

approach

[əˋprotʃ]

v. 接近

- 換 **surround**
- 同 catch up / move forward / come close
- 反 exit 離開
- 搭 approach the end 接近尾聲

blessing

[ˋblɛsɪŋ]

n. 賜福；幸運之事；祈福

- 換 **miracle**
- 同 benefit / kindness / good fortune
- 反 curse 詛咒
- 搭 a blessing in disguise 塞翁失馬，焉知非福

colossal

[kəˋlasḷ]

adj. 巨大的；異常的；龐大的

- 換 **enormous**
- 同 immense / gigantic / mammoth
- 反 minute 微小的；瑣碎的
- 搭 colossal wealth 巨額財富

conquer

[ˋkaŋkɚ]

v. 攻克；攻取；戰勝

- 換 **defeat**
- 同 overcome / vanquish / overthrow
- 反 yield 退讓
- 搭 conquer illness 戰勝疾病

counterpart

[ˋkaʊntɚˌpart]

n. 對應人；配對物

- 換 **complement**
- 同 match / correlate / fellow
- 反 opposite 相反；對立

demanding

[dɪˋmændɪŋ]

adj. 苛求的；要求高的

- 換 **critical**
- 同 strict / difficult / troublesome
- 反 tolerant 容忍的；寬恕的
- 搭 a demanding manager 要求高的老闆

discipline

[ˋdɪsəplɪn]

n. 紀律；修養；訓練

- 換 **control**
- 同 moderation / restraint / regulation
- 反 neglect 忘了做；忽略
- 搭 maintain discipline 維護紀律

duplicate

[ˋdjupləˏket]

v. 複製；拷貝

- 換 **copy**
- 同 clone / repeat / imitate
- 反 divide 分裂
- 搭 duplicate work 複製作品

endure

[ɪnˋdjʊr]

v. 忍受；忍耐；撐過

- 換 **survive**
- 同 withstand / tolerate / sustain
- 反 yield 退讓
- 搭 endure pain 忍受痛苦

excess

[ˋɛkˏsɛs]

n. 過多；過剩

- 換 **surplus**
- 同 balance / overload / leftover
- 反 poverty 貧困；缺乏
- 搭 an excess of enthusiasm 過分熱情

fertile

[ˋfɜtḷ]

adj. 肥沃的

- 換 **productive**
- 同 arable / bountiful / breeding
- 反 barren 貧瘠的
- 搭 fertile land 肥沃的土地

genuine

[ˋdʒɛnjuɪn]

adj. 真正的；實在的

換 **authentic**
同 actual / real / in fact
反 uncertain 不確定的
搭 genuine leather 真皮

ignoble

[ɪgˋnobḷ]

adj. 卑鄙的；可恥的

換 **lowly**
同 unworthy / infamous / inferior
反 reputable 聲譽好的；尊敬的
搭 an ignoble action 卑鄙的行為

inevitable

[ɪnˋɛvətəbḷ]

adj. 不可避免的

換 **unavoidable**
同 inescapable / impending / necessary
反 avoidable 可避免的
搭 an inevitable outcome 必然的結果

interfere

[ˏɪntɚˋfɪr]

v. 妨害；干預

換 **tamper**
同 meddle / intervene / intercede
反 assist 協助；幫忙
搭 interfere with 妨礙；干擾

location

[loˋkeʃən]

n. 地點；位置

換 **place**
同 district / neighborhood / venue
搭 a convenient location 方便的地點

momentary

[ˋmomənˏtɛrɪ]

adj. 瞬間的；短暫的

換 **transient**
同 short-lived / brief / transitory
反 lasting 長久的；持久的
搭 a momentary glimpse 匆匆一瞥

optimal

[ˋaptəməl]

adj. 最佳的；最優的

換 **excellent**
同 ace / capital / flawless
反 worst 最差的
搭 the optimal solution 最佳解決方式

perplexed

[pəˋplɛkst]

adj. 困惑的；不知所措的

換 **puzzled**
同 uncertain / troubled / confused
反 undaunted 無畏的；嚇不倒的
搭 a perplexed look 茫然的神情

prestigious

[prɛsˋtɪdʒɪəs]

adj. 有聲望的；知名的

換 **highly regarded**
同 famous / influential / esteemed
反 disreputable 名譽不好的
搭 a prestigious hotel 知名飯店

prosperity

[prasˋpɛrətɪ]

n. 繁榮；興旺

換 **affluence**
同 expansion / inflation / well-being
反 disadvantage 損失；不利條件
搭 create prosperity 建立榮景

regard

[rɪˋgard]

v. 看待；視為……

換 **consider**
同 treat / view / deem
反 ignore 忽視；忽略
搭 regard as 將……視為

revert

[rɪˋvɜt]

v. 回到；恢復

換 **restore**
同 reverse / regress / turn back
反 progress 行進；前進；向前
搭 revert to smoking 又恢復抽菸的習慣

severe

[sə`vɪr]

adj. 嚴肅的；嚴酷的

- 換 **serious**
- 同 sober / harsh / rigorous
- 反 gentle 溫和的
- 搭 a severe headache 頭痛欲裂

standard

[`stændɚd]

n. 標準

- 換 **criterion**
- 同 level / guideline / principle
- 反 extreme 極端
- 搭 high safety standards 很高的安全標準

surpassing

[sɚ`pæsɪŋ]

adj. 非凡的；卓越的；出眾的

- 換 **exceeding**
- 同 go beyond / overriding / outshining
- 反 losing 失敗的；損失的
- 搭 a face of surpassing beauty 絕美的臉龐

trance

[`træns]

n. 入迷；恍惚

- 換 **coma**
- 同 daze / unconsciousness / ecstasy
- 反 consciousness 有知覺；清醒
- 搭 go into a trance 進入出神狀態

unwilling

[ʌn`wɪlɪŋ]

adv. 不情願的；勉強的

- 換 **reluctant**
- 同 involuntary / indisposed / grudging
- 反 eager 熱切的
- 搭 be unwilling to 不甘願做某事

withstand

[wɪð`stænd]

v. 經得起考驗

- 換 **endure**
- 同 ride out / confront / repel
- 反 give up 放棄
- 搭 withstand hardships 忍受艱苦

Mini test 9

★ 下列各個句子當中的劃線字意思最接近何者？

Q1. The bridge collapsed during the severe storm.
(A) established
(B) crumpled
(C) constructed
(D) resolved

Q2. Their supplies of food are diminishing quickly.
(A) developing
(B) expanding
(C) augmenting
(D) declining

Q3. Those construction workers slave away under the intense sun.
(A) natural
(B) slight
(C) fierce
(D) moderate

Q4. The smoke had permeated into the room.
(A) penetrated
(B) left
(C) strengthened
(D) shared

Q5. There is widespread fear that the economy will collapse.
(A) famous
(B) prevalent
(C) essential
(D) uncommon

Q6. We don't earn a large salary but it's adequate for our needs.
(A) miserable
(B) sufficient
(C) unsuitable
(D) scant

Q7. The material looks tough but it's actually very delicate.
(A) crude
(B) durable
(C) fragile
(D) complicated

Q8. The language barrier will be the biggest hurdle for those students.
(A) opportunity
(B) advantage
(C) obstacle
(D) application

Q9. Students are not <u>permitted</u> to use calculators during exams.
(A) banned
(B) disapproved
(C) prohibited
(D) allowed

Q10. She has refused to <u>reveal</u> the truth.
(A) disappear
(B) conceal
(C) disclose
(D) cover

Q11. The fire spread rapidly to <u>adjacent</u> buildings.
(A) nearby
(B) distant
(C) charming
(D) remote

Q12. The mayor <u>endorsed</u> that new political candidate.
(A) refused
(B) abandoned
(C) recommended
(D) disagreed

Q13. The economic crisis was <u>induced</u> by high oil prices.
(A) escaped
(B) prevented
(C) finished
(D) brought about

Q14. The company has a <u>pressing</u> need for funds.
(A) urgent
(B) unnecessary
(C) common
(D) minor

Q15. The manager has decided to <u>withdraw</u> that product from the market.
(A) maintain
(B) retire
(C) promote
(D) launch

Q16. The doctor <u>admonished</u> that young boy to improve his posture.
(A) adopted
(B) advised
(C) complimented
(D) thanked

Q17. That lucky man was <u>endowed</u> with not only health but also wealth.
(A) considered
(B) suggested
(C) completed
(D) supplied

Q18. We need to identify the problem before we can overcome it.
(A) resolve
(B) establish
(C) conceal
(D) complete

Q19. His business continues to prosper.
(A) be in the red
(B) dilute
(C) dwindle
(D) succeed

Q20. The little boy tried very hard to withhold his laughter.
(A) restrain
(B) stimulate
(C) sharpen
(D) emphasize

Q21. The performance approached perfection.
(A) went away from
(B) got up
(C) came close to
(D) waited on

Q22. Mrs. Smith is considered a very demanding teacher.
(A) simple
(B) rigorous
(C) effortless
(D) seasoned

Q23. Don't interfere in other people's business.
(A) pledge
(B) accumulate
(C) cease
(D) get involved

Q24. He reverted to smoking heavily.
(A) went back
(B) generated
(C) exploited
(D) hosted

Q25. A manager has to be able to withstand criticism from his subordinates.
(A) endure
(B) gather
(C) give up
(D) report

Answer Key

Q1. (B)

譯 那座橋在暴風雨中坍塌了。

(A) 建立　(B) 倒坍
(C) 建造　(D) 解決

Q2. (D)

譯 食物供給急速地下降。

(A) 發展　(B) 擴大
(C) 增大　(D) 下跌

Q3. (C)

譯 那些工人在大太陽底下做牛做馬。

(A) 自然的　(B) 輕微的
(C) 強烈的　(D) 溫和的

Q4. (A)

譯 煙霧彌漫了整個房間。

(A) 滲透　(B) 離開
(C) 增強　(D) 分享

Q5. (B)

譯 人們普遍擔心經濟會崩盤。

(A) 有名的　(B) 普遍的
(C) 精要的　(D) 不尋常的

Q6. (B)

譯 我們沒賺很多錢，但應付生活所需也是夠的。

(A) 悲慘的　(B) 足夠的
(C) 不適當的　(D) 缺乏的

Q7. (C)

譯 此物質看似堅固但其實是很精細的。

(A) 粗糙的　(B) 耐用的
(C) 易碎的　(D) 複雜的

Q8. (C)

譯 語言隔閡對學生來說是最大的障礙。

(A) 機會　(B) 優勢
(C) 障礙　(D) 申請

Q9. (D)

譯 學生在考試中不可使用計算機。

(A) 禁止　(B) 不准許
(C) 禁止　(D) 准許

Q10. (C)

譯 她拒絕透露實情。

(A) 消失　(B) 隱藏
(C) 揭露　(D) 隱匿

Q11. (A)

譯 火勢很快延燒到鄰近的大樓。

(A) 鄰近的　(B) 遠距的
(C) 迷人的　(D) 遠的

Q12. (C)

譯 市長力挺新的政治候選人。

(A) 拒絕　(B) 放棄
(C) 推薦　(D) 反對

Q13. (D)

譯 經濟危機的起因是高油價。

(A) 逃脫 (B) 預防

(C) 完成 (D) 激起

Q14. (A)

譯 公司急需資金。

(A) 緊急的 (B) 不必要的

(C) 一般的 (D) 微小的

Q15. (B)

譯 經理決定將那產品自市場上撤出了。

(A) 維持 (B) 淘汰

(C) 宣傳 (D) 上市

Q16. (B)

譯 醫生告誡那年輕男孩要改正姿勢。

(A) 收養 (B) 建議

(C) 讚賞 (D) 感謝

Q17. (D)

譯 該幸運男子不僅擁有健康還有財富。

(A) 認為 (B) 建議

(C) 完成 (D) 提供

Q18. (B)

譯 要解決問題之前要先點出問題所在。

(A) 解決 (B) 證實；確定

(C) 隱藏 (D) 完成

Q19. (D)

譯 他的生意蒸蒸日上。

(A) 赤字 (B) 稀釋

(C) 下跌 (D) 成功

Q20. (A)

譯 小男孩試著拚命忍住笑意。

(A) 抑制 (B) 激發

(C) 磨光 (D) 強調

Q21. (C)

譯 那場表演幾近完美。

(A) 離開 (B) 起身

(C) 靠近 (D) 服侍

Q22. (B)

譯 史密斯女士被視為是要求很高的老師。

(A) 簡單的 (B) 嚴苛的

(C) 不費力的 (D) 有經驗的

Q23. (D)

譯 不要插手管別人的事。

(A) 允諾 (B) 累積

(C) 中斷 (D) 介入

Q24. (A)

譯 他又再度大量抽菸了。

(A) 恢復 (B) 產生

(C) 利用 (D) 主辦

Q25. (A)

譯 經理人要有承受下屬批評的能力。

(A) 忍受 (B) 聚集

(C) 放棄 (D) 報告

NOTES

本章單字之音檔收錄於第 46 軌

adopt
[ə`dɑpt]
v. 吸收；採取；採納

換 **embrace**
同 accept / approve / endorse
反 reject 拒絕
搭 adopt new strategies 採用新策略

approaching
[ə`protʃɪŋ]
adj. 將近的

換 **nearing**
同 imminent / coming / impending
反 distant 遠方的
搭 the approaching train 即將進站的火車

bold
[bold]
adj. 勇敢的

換 **courageous**
同 daring / valiant / fearless
反 cautious 謹慎的
搭 a bold decision 大膽的決定

combat
[kəm`bæt]
v. 戰鬥；格鬥；反對

換 **contest**
同 contend / clash / repel
反 surrender 投降
搭 combat terrorism 對抗恐怖主義

conquest
[`kɑŋkwɛst]
n. 征服

換 **invasion**
同 victory / takeover / triumph
反 failure 失敗
搭 the conquest of shyness 克服羞怯

countless
[`kaʊntlɪs]
adj. 數不盡的；無數的

換 **innumerable**
同 endless / uncounted / infinite
反 numerable 可數的；算得出的
搭 countless reasons 無數的理由

demise
[dɪˋmaɪz]
n. 消滅；終止；敗落；垮台

換 **collapse**
同 downfall / extinction / end
反 success 成功；勝利
搭 the demise of a magazine 雜誌停刊

discrepancy
[dɪˋskrɛpənsɪ]
n. 不一致

換 **difference**
同 disagreement / conflict / disparity
反 agreement 同意；共識
搭 an apparent discrepancy 明顯的差異

duration
[djʊˋreʃən]
n. 持久；持續時間

換 **length**
同 extent / span / endurance
反 stoppage 停止；中止
搭 limited duration 有限時間內

energize
[ˋɛnɚˏdʒaɪz]
v. 使精力充沛；激勵

換 **animate**
同 empower / stimulate / motivate
反 discourage 使沮喪；使洩氣
搭 energize followers 激勵追隨者

excessively
[ɪkˋsɛsɪvlɪ]
adv. 極大地

換 **very**
同 extremely / unreasonably / extravagantly
反 reasonably 合理地
搭 excessively high 極高

festive
[ˋfɛstɪv]
adj. 歡樂的

換 **gala**
同 hearty / upbeat / joyful
反 miserable 悲慘的
搭 a festive spirit 歡樂的心情

gesture
[ˋdʒɛstʃɚ]
v. 做手勢；以手勢示意

換 **indicate**
同 wave / give a sign to / salute
反 speech 說出；演講
搭 gesture towards the door 朝門的方向指去

illuminate
[ɪˋluməˏnet]
v. 照亮；照射；闡明

換 **light**
同 brighten / spotlight / clarify
反 darken 暗淡；使變暗
搭 illuminate the scene 照亮現場

inevitably
[ɪnˋɛvətəblɪ]
adv. 不可避免地；必然地

換 **necessarily**
同 surely / unavoidably / inescapably
反 avoidably 可迴避地

interlock
[ˏɪntɚˋlɑk]
v. 使連結；連扣

換 **link**
同 mesh / interlink / engage
搭 the pieces interlock 碎片結合在一起

lofty
[ˋlɔftɪ]
adj. 崇高的；高尚的

換 **grand**
同 stately / noble / distinguished
反 humble 謙虛的；卑微的
搭 a man of lofty ideals 有崇高理想之人

momentous
[moˋmɛntəs]
adj. 重大的；重要的

換 **very important**
同 crucial / meaningful / pivotal
反 unimportant 不重要的
搭 a momentous decision 重大的決定

optimistic

[ˌaptəˋmɪstɪk]

adj. 樂觀的；正向的

换 **encouraged**
同 cheerful / positive / trusting
反 pessimistic 悲觀的
搭 an optimistic view 樂觀的看法

persist

[pɚˋsɪst]

v. 堅持；持續存在

换 **continue**
同 carry through / endure / remain
反 expire 到期；終止
搭 the rain persisted throughout the night 雨整夜下不停

presumably

[prɪˋzuməblɪ]

adv. 大概；可能；想必

换 **supposedly**
同 seemingly / probably / assumably
反 improbably 不可能
搭 Presumably he just forgot to call you. 他可能只是忘了打電話。

protest

[prəˋtɛst]

v. 反對；抗爭

换 **object**
同 challenge / demonstrate / disapprove
反 accept 接受
搭 protest against the government 抗議政府

regret

[rɪˋgrɛt]

v. 懊悔；遺憾

换 **apologize**
同 deplore / repent / rue
反 impenitence 不知悔改；無悔意
搭 You won't regret it! 你不會後悔的！

revise

[rɪˋvaɪz]

v. 修改；改變

换 **change**
同 reconsider / amend / update
反 worsen 使變糟；惡化
搭 revise a plan 修改計劃

shield
[ˋʃild]
v. 擋開；保護

換 **protect**
同 ward off / cover / defend
反 assail 攻擊；責罵
搭 shield one's eyes from the sun
擋住眼睛以防陽光

start from scratch
ph. 從頭開始

換 **start from zero**
同 start from nothing / commence / begin

surplus
[ˋsɝpləs]
n. 剩餘物；餘額

換 **extra goods**
同 remainder / residue / balance
反 deficit 不足額；赤字
搭 a food surplus 食品過剩

tranquil
[ˋtræŋkwɪl]
adj. 安靜的；平靜的

換 **peaceful**
同 placid / calm / quiet
反 disturbed 心亂的；不安心的
搭 a tranquil life 安祥的生活

upbeat
[ˋʌp͵bit]
adj. 快樂的；樂觀的

換 **cheerful**
同 encouraging / rosy / promising
反 unhappy 不開心的
搭 an upbeat person 樂觀的人

witness
[ˋwɪtnɪs]
v. 目睹

換 **observe**
同 notice / watch / sight
反 overlook 沒注意到
搭 witness an accident 目擊一場意外

本章單字之音檔收錄於第 47 軌

adorn

[əˋdɔrn]

v. 美化

換 **decorate**

同 embellish / beautify / furbish

反 damage 破壞

搭 adorn with flowers 以花裝飾

appropriate

[əˋpropri͵et]

adj. 合適的；恰當的

換 **suitable**

同 proper / fitting / apt

反 improper 不恰當的

搭 appropriate actions 適切的行動

bombard

[bamˋbard]

v. 砲擊；轟炸；疲勞轟炸

換 **strike**

同 attack / blitz / assault

反 leave alone 避免打擾

搭 bombard the mayor with questions 向市長連續提問

combine

[kəmˋbaɪn]

v. 合併；結合

換 **merge**

同 come together / integrate / cooperate

反 dissolve 分解

搭 combine forces 結合勢力

conscious

[ˋkanʃəs]

adj. 有知覺的；覺知的

換 **aware**

同 sentient / capable of feeling / sensible

反 inattentive 疏忽的；不注意的

搭 be conscious of 意識到……

courage

[ˋkɜɪdʒ]

n. 膽量；勇氣

換 **boldness**

同 daring / determination / spirit

反 meekness 溫順；懦弱

搭 show great courage 展現巨大勇氣

denounce
[dɪˋnaʊns]
v. 指責；挖苦；告發

換 **attack**
同 blame / condemn / rebuke
反 applaud 讚賞；讚揚
搭 publicly denounce 公開譴責

discretionary
[dɪˋskrɛʃən,ɛrɪ]
adj. 任意的

換 **open to choice**
同 elective / optional / unrestricted
搭 a discretionary decision 任意的決定

duty
[ˋdjutɪ]
n. 責任；任務

換 **burden**
同 obligation / mission / responsibility
反 disregard 漠視；不管
搭 off duty 下班

enforce
[ɪnˋfors]
v. 執行；強制實施

換 **implement**
同 compel / carry out / execute
反 prevent 預防；防止
搭 enforce the law 執行法律

exclaim
[ɪksˋklem]
v. 驚呼；大叫；呼喊

換 **yell**
同 utter / roar / burst out
反 refrain 忍住；節制
搭 exclaim with excitement 興奮地大叫

fidelity
[fɪˋdɛlətɪ]
n. 忠誠；精準度

換 **devotion**
同 loyalty / faith / reliability
反 faithlessness 不忠；不貞
搭 marital fidelity 婚姻忠貞

giant
[ˋdʒaɪənt]
adj. 巨大的

換 **huge**
同 hulking / immense / colossal
反 miniature 小型的；微小的
搭 a giant photograph 巨幅照片

illusion
[ɪˋljuʒən]
n. 幻覺

換 **confusion**
同 delusion / myth / fancy
反 reality 現實；事實
搭 create an illusion 產生幻象

infancy
[ˋɪnfənsɪ]
n. 幼年時期；嬰孩

換 **babyhood**
同 immaturity / beginning / pupilage
反 old age 老年期
搭 The system is in its infancy.
體系尚處於發展階段。

intermediate
[͵ɪntəˋmidɪət]
adj. 中間的；中等的

換 **middle**
同 in-between / average / common
反 exterior 外在的；外部的
搭 intermediate level 中級

logically
[ˋladʒɪkḷɪ]
adv. 符合邏輯地；可推理地

換 **rationally**
同 reasonably / by reason / systematically
反 irrationally 不合理地；無理性地
搭 think logically 有邏輯地思考

momentum
[moˋmɛntəm]
n. 氣勢；衝力

換 **force**
同 strength / power / energy
反 weakness 弱點；不足
搭 gather momentum 凝聚氣勢

option
[ˋɑpʃən]
n. 選擇；選項

換 **choice**
同 alternative / opportunity / selection
反 refusal 拒絕
搭 consider several options
考慮不同選項

perseverance
[͵pɝsəˋvɪrəns]
n. 堅持不懈；堅忍不拔

換 **dedication**
同 endurance / diligence / determination
反 give up 放棄

pretended
[prɪˋtɛndɪd]
adj. 偽裝的

換 **simulated**
同 fictitious / imaginary / fake
反 original 原創的

protrude
[proˋtrud]
v. 突出

換 **jut out**
同 extrude / stick out / bulge
反 shrink 縮水；縮小
搭 protrude from 自……突出

regrettably
[rɪˋgrɛtəblɪ]
adv. 抱歉地；遺憾地

換 **unfortunately**
同 dismally / sadly / horribly
反 happily 高興地；快樂地

revisit
[riˋvɪzɪt]
v. 再訪；重新考慮

換 **reconsider**
同 return / rethink / recall
反 uphold 維持
搭 revisit Japan 重遊日本

shift

[ʃɪft]

v. 改變；轉換

換 **change**
同 alter / switch / change gears
反 stagnate 停滯
搭 shift attention 轉移注意

stately

[ˋstetlɪ]

adj. 莊嚴的；華貴的；高雅的

換 **impressive**
同 elegant / gracious / opulent
反 unstylish 不漂亮的
搭 a stately home 豪華住宅

surrounding

[səˋraʊndɪŋ]

adj. 周遭的

換 **neighboring**
同 encircling / around / encompassing
反 distant 遠方的
搭 the surrounding area 周邊地區

transcend

[trænˋsɛnd]

v. 超越；勝過；優於

換 **surpass**
同 overcome / exceed / top
反 lose 失敗；失去
搭 transcend markedly 明顯超越

upbringing

[ˋʌpˏbrɪŋɪŋ]

n. 養育；教育；培養

換 **instruction**
同 training / education / development
搭 have a good upbringing 有良好教養

wobbly

[ˋwablɪ]

adj. 不穩的

換 **uneven**
同 shaky / unbalanced / unsteady
反 sound 健全的
搭 a wobbly voice 顫抖的聲音

本章單字之音檔收錄於第 48 軌

advance

[əd`væns]

n. 進步

換 **progress**

同 breakthrough / growth / enrichment

反 regress 退步

搭 advances in medical science 醫學進展

approximately

[ə`prɑksəmətlɪ]

adv. 約略；差不多

換 **almost**

同 nearly / practically / around

反 exactly 精準地

搭 approximately equal 大約相等

bond

[bɑnd]

n. 結合力；聯繫

換 **attachment**

同 connection / linkage / chain

反 detachment 分離；分開

搭 a strong bond 緊密關係

commence

[kə`mɛns]

v. 開始

換 **initiate**

同 originate / institute / inaugurate

反 complete 完成

搭 commence business 開始營業

consensus

[kən`sɛnsəs]

n. 共識；同意

換 **agreement**

同 consent / accord / unity

反 discord 不和；爭吵

搭 reach a consensus 達成共識

course

[kors]

v. 奔流；大量流動

換 **surge**

同 flow / flush / pour

反 rest 停止

搭 course through 席捲

density
[ˋdɛnsətɪ]
n. 密度

換 **bulk**
同 quantity / closeness / tightness
反 sparsity 稀疏
搭 population density 人口密度

discriminate
[dɪˋskrɪmə,net]
v. 區別；區分

換 **differentiate**
同 distinguish / segregate / discern
反 mix up 混合；混雜
搭 discriminate against 有差別地對待

dweller
[ˋdwɛlɚ]
n. 居民；居住者

換 **inhabitant**
同 tenant / resident / occupant
搭 cave dwellers 穴居者

engage
[ɪnˋgedʒ]
v. 聘僱；從事

換 **hire**
同 enlist / employ / appoint
反 dismiss 解僱
搭 engage a specialist 僱用專員

exclude
[ɪkˋsklud]
v. 排除；不包括

換 **keep out**
同 forbid / eliminate / reject
反 include 包括；包含
搭 exclude the possibility 排除可能性

fierce
[fɪrs]
adj. 猛烈的；激烈的

換 **violent**
同 intense / ferocious / raging
反 gentle 溫和的
搭 fierce competition 競爭激烈

gifted

[ˋgɪftɪd]

adj. 有天資的；有才能的

換 **talented**
同 intelligent / brilliant / capable
反 unable 無能的
搭 a gifted child 有天賦的孩子

illusory

[ɪˋlusərɪ]

adj. 虛幻的；欺詐的

換 **delusive**
同 deceptive / unreal / fictional
反 genuine 真正的；真實的
搭 illusory beliefs 不真切的信念

infection

[ɪnˋfɛkʃən]

n. 傳染；感染；影響

換 **contamination**
同 epidemic / virus / pollution
反 sanitation 衛生
搭 lung infection 肺部感染

interminably

[ɪnˋtɜmənəblɪ]

adv. 無限地

換 **endlessly**
同 all the time / continually / frequently
反 briefly 簡短地
搭 wait interminably 等到天荒地老

loophole

[ˋlup͵hol]

n. 漏洞

換 **outlet**
同 escape / way out / alternative
搭 find a loophole in the law 鑽法律漏洞

monopoly

[məˋnɑplɪ]

n. 壟斷（機構）；專賣；獨佔

換 **ascendancy**
同 patent / dominance / exclusive possession
反 equal distribution 公平分配
搭 tobacco monopoly 菸草專賣權

ordinary
[ˋɔrdn̩ˏɛrɪ]
adj. 平常的

換 **normal**
同 regular / average / routine
反 special 特殊的
搭 ordinary conversations 一般對話

persistent
[pɚˋsɪstənt]
adj. 堅持的；持續的；耐久的

換 **long lasting**
同 enduring / perpetual / relentless
反 quitting 放棄的；撒手的
搭 a persistent problem 持續性的問題

prevailing
[prɪˋvelɪŋ]
adj. 主要的；主控的

換 **pivotal**
同 principal / leading / controlling
反 nonstandard 非標準的
搭 prevailing colors 主色調

proverb
[ˋprɑvɝb]
n. 格言；諺語

換 **adage**
同 dictum / moral / motto
搭 an old proverb 古諺語

regulate
[ˋrɛgjəˏlet]
v. 管理；控制

換 **control**
同 manage / organize / supervise
反 liberate 開放；使自由
搭 regulate the market 控制市場

revitalize
[riˋvaɪtl̩ˏaɪz]
v. 恢復生機；恢復元氣

換 **revive**
同 energize / animate / renovate
反 extinguish 熄滅；使消失
搭 revitalize the economy 振興經濟

shrink

[ʃrɪŋk]

v. 縮水；縮小

換 **diminish**

同 decrease / lessen / weaken

反 expand 擴大

搭 shrink from 退縮；畏縮

static

[ˋstætɪk]

adj. 靜的；靜態的

換 **unchanging**

同 fixed / passive / stagnant

反 dynamic 動力的

搭 static electricity 靜電

survival

[sɚˋvaɪvḷ]

n. 繼續生存；存活

換 **longevity**

同 endurance / vitality / durability

反 death 死亡

搭 a survival kit 救生背包

transform

[trænsˋfɔrm]

v. 轉變；改成；改造

換 **convert**

同 alter / change / reconstruct

反 preserve 保育；保存

搭 radically transform 徹底改變

upcoming

[ˋʌpˏkʌmɪŋ]

adj. 接近的；即將到來的

換 **approaching**

同 nearing / forthcoming / oncoming

反 late 遲的；來不及的

搭 the upcoming election 即將到來的選舉

worthwhile

[ˋwɝθˋhwaɪl]

adj. 值得的

換 **valuable**

同 constructive / rewarding / desirable

反 unworthy 不值得的

搭 a worthwhile investment 值得的投資

本章單字之音檔收錄於第 49 軌

advantageous

[ˌædvənˋtedʒəs]

adj. 有利的；有助益的

換 **favorable**
同 beneficial / fortunate / worthwhile
反 harmful 有害的
搭 mutually advantageous 雙方互惠

arbitrary

[ˋarbəˌtrɛrɪ]

adj. 隨機的；任意的；不規則的

換 **random**
同 erratic / irrational / inconsistent
反 reliable 可靠的
搭 an arbitrary decision 草率的決定

bothersome

[ˋbaðɚsəm]

adj. 麻煩的；討厭的；令人厭煩的

換 **irritating**
同 troublesome / annoying / vexing
反 convenient 方便的；便利的
搭 a bothersome cough 惱人的咳嗽

commensurate

[kəˋmɛnʃərɪt]

adj. 同量的；相稱的

換 **corresponding**
同 comparable / adequate / consistent
反 unsuitable 不合適的
搭 commensurate with 與……契合

consent

[kənˋsɛnt]

v. 贊成；同意；答應

換 **comply**
同 accept / approve / permit
反 dispute 爭執；有異議
搭 by common consent 普遍認可

courtesy

[ˋkɝtəsɪ]

n. 好意；禮貌；謙恭有禮

換 **respect**
同 politeness / civility / kindness
反 rudeness 無禮
搭 common courtesy 基本禮儀

dependable

[dɪˋpɛndəbḷ]

adj. 可靠的

換 **reliable**
同 sturdy / responsible / trustworthy
反 wobbly 擺動的；不穩定的
搭 a dependable companion 可靠的朋友

disease

[dɪˋziz]

n. 疾病；病症

換 **affection**
同 disorder / syndrome / flu
反 good health 健康
搭 an acute disease 急性病

dwindle

[ˋdwɪndḷ]

v. 漸少；縮小；減少

換 **abate**
同 decline / diminish / shrink
反 enhance 加強；強調
搭 dwindle away 漸變小

engrave

[ɪnˋgrev]

v. 雕刻；銘記

換 **carve**
同 embed / imprint / inscribe
反 neglect 忽視；忽略
搭 engrave her name on the ring
將她的名字刻在戒指上

exclusive

[ɪkˋsklusɪv]

adj. 排外的；排除的；獨有的

換 **sole**
同 absolute / restrictive / unique
反 inclusive 包括的
搭 exclusive news report 獨家新聞

finance

[ˋfaɪˏnæns]

n. / *v.* 財務；資金提供

換 **funding**
同 bankroll / sponsor / subsidize
搭 finance management 財務管理

gigantic
[dʒaɪˋgæntɪk]
adj. 巨大的

換 **giant**
同 huge / massive / jumbo
反 tiny 極小的
搭 a gigantic mistake 天大的錯誤

imaginative
[ɪˋmædʒə͵netɪv]
adj. 有創意的；想像的

換 **creative**
同 inventive / fantastic / artistic
反 dull 無趣的
搭 an imaginative writer 有創造力的作家

infectious
[ɪnˋfɛkʃəs]
adj. 會傳染的；具感染力的

換 **contagious**
同 spreading / infective / catching
反 harmless 無害的
搭 an infectious disease 傳染病

intermittently
[ɪntɚˋmɪtəntlɪ]
adv. 間歇地

換 **at times**
同 occasionally / periodically / sporadically
反 constantly 持續地；一貫地
搭 It rains intermittently. 間歇性降雨。

lucrative
[ˋlukrətɪv]
adj. 有賺錢的；獲利的

換 **profitable**
同 productive / fruitful / worthwhile
反 unprofitable 沒利潤的
搭 a lucrative business 有利可圖的生意

morale
[məˋræl]
n. 士氣；鬥志

換 **attitude**
同 confidence / self-esteem / resolve
反 fear 懼怕
搭 boost morale 激發鬥志

origin
[ˋɔrədʒɪn]
n. 起源

- 換 **cause**
- 同 inception / dawning / commencement
- 反 conclusion 結論
- 搭 of different origins 不同來歷的

perspective
[pɚˋspɛktɪv]
n. 透視；看法；觀點

- 換 **viewpoint**
- 同 angle / aspect / prospect
- 搭 different perspectives 不同觀點

prevalent
[ˋprɛvələnt]
adj. 流行的；普遍的；盛行的

- 換 **widespread**
- 同 commonplace / extensive / ubiquitous
- 反 unpopular 不流行的；不普及的
- 搭 prevalent among 在……間盛行

provided that
ph. 倘若；以……為條件

- 換 **as if**
- 同 as long as / if only / therefore

reinforce
[ˏriɪnˋfɔrs]
v. 增援；加強；強化

- 換 **augment**
- 同 strengthen / emphasize / enlarge
- 反 undermine 貶低；暗中破壞
- 搭 reinforce the impression that 加深印象

revolution
[ˏrɛvəˋluʃən]
n. 革命；革新

- 換 **innovation**
- 同 uprising / overturn / reformation
- 反 stagnation 停滯
- 搭 a peaceful revolution 和平改革

shun
[ʃʌn]
v. 避免；避開

換 **avert**
同 avoid / ward off / prevent
反 embrace 擁抱；接受
搭 shun public recognition 避免公眾注意

stationary
[ˋsteʃən͵ɛrɪ]
adj. 不動的；固定的；停駐的

換 **not moving**
同 immobile / motionless / stagnant
反 mobile 機動性的
搭 a stationary bike 健身車

suspend
[səˋspɛnd]
v. 懸吊；使中止；暫緩

換 **hang**
同 defer / put off / cease
反 continue 繼續
搭 suspend membership 中斷會員資格

transition
[trænˋzɪʃən]
n. 過渡；轉換；變遷

換 **change**
同 conversion / evolution / shift
反 sameness 相同；一致
搭 transition period 過渡時期

uphold
[ʌpˋhold]
v. 支持；維持

換 **maintain**
同 advocate / defend / endorse
反 abandon 丟棄；拋棄
搭 uphold the tradition 維護傳統

wound
[wund]
v. 受傷；傷害

換 **damage**
同 hurt / injure / harm
反 heal 復原；修復

本章單字之音檔收錄於第 50 軌

advent
[ˋædvɛnt]
n. 開始；出現；到達

換 **arrival**
同 onset / coming / appearance
反 departure 離開；出發
搭 the advent of the Internet 網路的出現

arduous
[ˋardʒuəs]
adj. 費力的；艱鉅的；困難的

換 **difficult**
同 burdensome / exhausting / tough
反 effortless 不費力的
搭 an arduous task 艱鉅的任務

boundary
[ˋbaʊndrɪ]
n. 邊界

換 **border**
同 outer limit / borderland / margin
反 interior 內部；中心
搭 cross the boundary 越過邊界

commitment
[kəˋmɪtmənt]
n. 承諾；委託；投入

換 **engagement**
同 promise / liability / pledge
反 break a promise 失信
搭 confirm one's commitment 確認承諾；再三保證

consequent
[ˋkansə͵kwɛnt]
adj. 因……而起的；隨之發生的

換 **resulting**
同 subsequent / following / ensuing
反 starting 先發生的
搭 consequent effects 後來的影響

covet
[ˋkʌvɪt]
v. 貪得；垂涎

換 **desire**
同 envy / fancy / aspire to
反 abjure 公開放棄
搭 covet wealth 貪求財富

depict
[dɪ`pɪkt]
v. 描述；描繪

換 **portray**
同 paint / sketch / illustrate
反 hide 隱匿
搭 depict the lives of ordinary people
描寫普通人的生活

disguise
[dɪs`gaɪz]
v. 隱藏；掩飾

換 **conceal**
同 hide / camouflage / veil
反 expose 揭開；揭露
搭 I can't disguise my disappointment.
我無法掩飾自己的失望。

dynamic
[daɪ`næmɪk]
adj. 精力充沛的；靈活的

換 **brisk**
同 lively / energetic / agile
反 incapable 不能的；無法正常行動的
搭 dynamic interactions 活潑的互動

enhance
[ɪn`hæns]
v. 加強；增加；提高

換 **improve**
同 embellish / intensify / reinforce
反 subtract 刪去；減去
搭 enhance efficiency 提高效率

execute
[`ɛksɪˌkjut]
v. 實施；執行；履行

換 **accomplish**
同 complete / enact / perform
反 hinder 阻礙
搭 execute plans 執行計劃

finite
[`faɪˌnaɪt]
adj. 有限的

換 **limited**
同 restricted / fixed / confined
反 endless 無限的
搭 a finite resource 一項有限的資源

glamorous

[ˋglæmərəs]

adj. 有魅力的；刺激的

換 **attractive**
同 charismatic / fascinating / exciting
反 inelegant 粗野的；粗魯的；不雅的
搭 a glamorous world 迷人的世界

imitate

[ˋɪmə͵tet]

v. 模仿

換 **emulate**
同 simulate / copy / mimic
反 reverse 翻轉
搭 imitate his accent 模仿他的口音

infinite

[ˋɪnfənɪt]

adj. 無限的；無邊的；極大的

換 **limitless**
同 without end / eternal / unending
反 limited 有限的
搭 infinite patience 莫大的耐心

interplay

[ˋɪntɚ͵ple]

n. 相互影響；互相作用

換 **interaction**
同 exchange / coaction / give-and-take
反 isolation 孤立；分離
搭 the interplay between 在……間交替作用

luminous

[ˋlumənəs]

adj. 發光的；光輝的

換 **bright**
同 glowing / lucid / shining
反 cloudy 陰暗的；烏雲密佈的
搭 luminous paint 亮光漆

motivate

[ˋmotə͵vet]

v. 激發

換 **exhilarate**
同 propel / excite / arouse
反 hinder 阻礙
搭 motivate students to learn 激發學生學習動力

originate
[ə`rɪdʒə͵net]
v. 起源；創始

換 **initiate**
同 spring / derive / emerge
反 result 結果
搭 The disease originated in Africa.
此疾病源於非洲。

persuade
[pɚ`swed]
v. 勸說；規勸；說服

換 **urge**
同 convince / coax / assure
反 deter 威嚇；使斷念；嚇住
搭 persuade customers 說服客戶

prevent
[prɪ`vɛnt]
v. 預防；事先阻止

換 **forestall**
同 forbid / prohibit / impede
反 cultivate 培養；建立；加強
搭 prevent the disease from spreading
預防疾病散播

providential
[͵pravə`dɛnʃəl]
adj. 適宜的；湊巧的；幸運的

換 **accidental**
同 fortunate / befitting / appropriate
反 unlucky 不順利的
搭 a providential opportunity 機緣巧合

reject
[rɪ`dʒɛkt]
v. 否決；駁回；抵抗

換 **deny**
同 dismiss / refuse / scrap
反 welcome 歡迎；欣然接受
搭 reject a request 否決要求

rewarding
[rɪ`wɔrdɪŋ]
adj. 有益的；有報酬的

換 **beneficial**
同 pleasing / satisfying / gainful
反 fruitless 徒勞的
搭 a rewarding experience 有益的經驗

sibling

[ˋsɪblɪŋ]

n. 手足；兄弟姐妹

- 換 **relative**
- 同 sister / brother / kinfolk
- 反 stranger 陌生人
- 搭 sibling rivalry 手足之爭

status

[ˋstetəs]

n. 身份；地位；重要地位

- 換 **importance**
- 同 rank / position / rating
- 反 unimportance 無足輕重之事
- 搭 social status 社會地位

sustain

[səˋsten]

v. 維持；支持；供養

- 換 **maintain**
- 同 nourish / bolster / keep up
- 反 obstruct 阻塞；阻礙
- 搭 sustain a conversation 持續對話

translate

[trænsˋlet]

v. 解釋；翻譯；轉化

- 換 **interpret**
- 同 transcribe / render / explain
- 反 quote 引用；引述
- 搭 translate into action 轉換為行動

uprising

[ˋʌpˏraɪzɪŋ]

n. 起義；暴動

- 換 **revolution**
- 同 disturbance / mutiny / outbreak
- 反 peace 和平
- 搭 an uprising against 起義推翻

zealous

[ˋzɛləs]

adj. 熱心的；狂熱的

- 換 **enthusiastic**
- 同 ardent / passionate / eager
- 反 indifferent 冷淡的
- 搭 a zealous supporter 積極支持者

Mini test 10

★ 下列各個句子當中的劃線字意思最接近何者？

Q1. All of our team members consider Mr. Chen a pretty <u>bold</u> leader.
(A) timid
(B) traditional
(C) courageous
(D) interesting

Q2. The company will pay an <u>excessively</u> high salary to hire him.
(A) inordinately
(B) excitingly
(C) reasonably
(D) unforgettably

Q3. Ms. Smith has been promoted to a <u>lofty</u> position within the organization.
(A) friendly
(B) high
(C) unimportant
(D) common

Q4. Students gathered in the streets to <u>protest</u> the government.
(A) innovate
(B) congratulate
(C) praise
(D) oppose

Q5. Life in the countryside is always <u>tranquil</u>.
(A) troublesome
(B) productive
(C) inspiring
(D) peaceful

Q6. Mr. Lin is the most <u>appropriate</u> person to give the speech.
(A) exhausted
(B) skeptical
(C) suitable
(D) conventional

Q7. The students <u>exclaimed</u> with excitement.
(A) opposed
(B) screamed
(C) murmured
(D) stumbled

Q8. The campaign is really gaining a lot of <u>momentum</u>.
(A) propulsion
(B) explanation
(C) asset
(D) disadvantage

Q9. They live in that stately mansion.
(A) simple
(B) impressive
(C) ordinary
(D) wise

Q10. After the long flight, my legs felt wobbly.
(A) unsteady
(B) stable
(C) exciting
(D) thankless

Q11. In Taiwan, the academic year commences at the beginning of September.
(A) desists
(B) ceases
(C) completes
(D) begins

Q12. Some people think the policy discriminates against women.
(A) assists
(B) disfavors
(C) raises
(D) concludes

Q13. Eight mountain climbers were trapped by a fierce storm.
(A) fruitful
(B) submissive
(C) intense
(D) mild

Q14. The flooding in the city was caused by persistent rain.
(A) continuous
(B) flexible
(C) productive
(D) obtainable

Q15. Jacky transformed the small space into a bright meeting room.
(A) scheduled
(B) declined
(C) appointed
(D) converted

Q16. Mr. Lee made an arbitrary decision without consulting other team members.
(A) charming
(B) rational
(C) careful
(D) random

Q17. Our sales have dwindled due to the economic recession.
(A) reported
(B) maintained
(C) decreased
(D) roared

Q18. After graduating, John found a <u>lucrative</u> job in the banking industry.
(A) rewarding
(B) miserable
(C) appealing
(D) emotive

Q19. His rudeness <u>reinforced</u> my determination to leave.
(A) arranged
(B) consolidated
(C) weakened
(D) dropped

Q20. All classes will be <u>suspended</u> due to the huge storm.
(A) required
(B) resumed
(C) postponed
(D) prolonged

Q21. The assignment was more <u>arduous</u> than the students had anticipated.
(A) difficult
(B) effortless
(C) interesting
(D) beneficial

Q22. His novel <u>depicts</u> the life of refugees.
(A) expects
(B) removes
(C) describes
(D) hides

Q23. We have only a <u>finite</u> amount of time to finish this project.
(A) sufficient
(B) considerate
(C) ample
(D) limited

Q24. Doctors think that the disease <u>originated</u> in Africa.
(A) improved
(B) emerged
(C) lost
(D) terminated

Q25. Some runners couldn't <u>sustain</u> the blistering pace.
(A) maintain
(B) educate
(C) comprehend
(D) arrest

Answer Key

Q1. (C)

譯 全體同仁都認為陳先生是個很進取的老闆。

(A) 羞澀的 (B) 傳統的
(C) 有勇氣的 (D) 有趣的

Q2. (A)

譯 公司花大錢聘請他來上班。

(A) 非常地 (B) 興奮地
(C) 有道理地 (D) 無法忘懷地

Q3. (B)

譯 史密斯小姐在公司中升上高位。

(A) 友善的 (B) 高等的
(C) 不重要的 (D) 一般的

Q4. (D)

譯 學生群集在街上向政府抗議。

(A) 創新 (B) 恭賀
(C) 讚美 (D) 反抗

Q5. (D)

譯 鄉村的生活很是平靜。

(A) 麻煩的 (B) 有生產力的
(C) 激勵的 (D) 平和的

Q6. (C)

譯 林先生是此場演講的最適當人選。

(A) 疲憊的 (B) 懷疑的
(C) 適合的 (D) 傳統的

Q7. (B)

譯 學生興奮地大叫。

(A) 反對 (B) 尖聲叫
(C) 咕噥 (D) 蹣跚

Q8. (A)

譯 此活動真的收到很大的迴響。

(A) 動力 (B) 解釋
(C) 資產 (D) 不利

Q9. (B)

譯 他們住在豪華的宅邸中。

(A) 簡單的 (B) 令人驚嘆的
(C) 普通的 (D) 有智慧的

Q10. (A)

譯 坐長途飛機之後我的腿有點站不穩。

(A) 不穩的 (B) 穩定的
(C) 興奮的 (D) 吃力不討好的

Q11. (D)

譯 在台灣，學期是從九月初開始。

(A) 斷念 (B) 中止
(C) 完成 (D) 開始

Q12. (B)

譯 有些人認為此政策歧視女性。

(A) 協助 (B) 不利
(C) 升起 (D) 下結論

Q13. (C)

譯 八名登山者被嚴重的暴風雪困在山上。

(A) 成果豐碩的 (B) 順從的
(C) 強烈的 (D) 溫和的

Q14. (A)

譯 市內淹水是因為連續大雨之故。

(A) 連續的 (B) 有彈性的
(C) 有生產力的 (D) 可獲得的

Q15. (D)

譯 傑克將該小空間轉變成明亮的會議室。

(A) 訂日期 (B) 拒絕
(C) 指派 (D) 轉換

Q16. (D)

譯 李先生做了個隨意的決定，卻沒有詢問其他同仁的意見。

(A) 迷人的 (B) 理智的
(C) 仔細的 (D) 隨意的

Q17. (C)

譯 因經濟衰退之故我們的業績下跌。

(A) 報告 (B) 維持
(C) 下降 (D) 飆升

Q18. (A)

譯 畢業之後，約翰在銀行業找到了收入頗豐的工作。

(A) 有得益的 (B) 悲慘的
(C) 吸引人的 (D) 牽動情緒的

Q19. (B)

譯 他的無禮更增強了我要離開的決心。

(A) 安排 (B) 鞏固
(C) 減弱 (D) 下滑

Q20. (C)

譯 因暴風雨的關係，所有班級都會延課。

(A) 要求 (B) 重新開始
(C) 延後 (D) 加長

Q21. (A)

譯 要完成那作業比學生原本預期的還要來得費力。

(A) 困難的 (B) 不費力的
(C) 有趣的 (D) 有益的

Q22. (C)

譯 他的小說描寫著難民的生活。

(A) 預期 (B) 移除
(C) 描寫 (D) 隱藏

Q23. (D)

譯 我們僅有相當有限的時間來完成此專案。

(A) 足夠的 (B) 為人著想的
(C) 充裕的 (D) 有限的

Q24. (B)

譯 醫生認為那疾病源自非洲。

(A) 進步 (B) 出現
(C) 遺失 (D) 終結

Q25. (A)

譯 一些跑者無法保持極快的跑速。

(A) 維持 (B) 教育
(C) 理解 (D) 逮捕

NOTES

NOTES

國家圖書館出版品預行編目資料

字彙高點：英文必考替換同義字 / 薛詠文作. -- 初版.
-- 臺北市：波斯納, 2019. 07
面；　公分

ISBN: 978-986-96852-9-0（平裝）

1.英語　2.詞彙

805.1892　　108004945

字彙高點：英文必考替換同義字

作　　者 / 薛詠文
執行編輯 / 游玉旻

出　　版 / 波斯納出版有限公司
地　　址 / 100 台北市館前路 26 號 6 樓
電　　話 / (02) 2314-2525
傳　　真 / (02) 2312-3535
客服專線 / (02) 2314-3535
客服信箱 / btservice@betamedia.com.tw
郵　　撥 / 19493777 波斯納出版有限公司

總 經 銷 / 時報文化出版企業股份有限公司
地　　址 / 桃園市龜山區萬壽路二段 351 號
電　　話 / (02) 2306-6842

出版日期 / 2019 年 7 月初版一刷
定　　價 / 400 元
I S B N / 978-986-96852-9-0

貝塔網址：www.betamedia.com.tw

喚醒你的英文語感！

對折後釘好，直接寄回即可！

廣 告 回 信
北區郵政管理局登記證
北台字第14256號
免 貼 郵 票

100 台北市中正區館前路26號6樓

貝塔語言出版 收

Beta Multimedia Publishing

寄件者住址 □□□

貝塔語言出版
Beta Multimedia Publishing
讀者服務專線（02）2314-3535　讀者服務傳真（02）2312-353
客戶服務信箱 btservice@betamedia.com.tw
www.betamedia.com.tw

謝謝您購買本書！！

貝塔語言擁有最優良之英文學習書籍，為提供您最佳的英語學習資訊，您可填妥此表後寄回（免貼郵票）將可不定期收到本公司最新發行書訊及活動訊息！

姓名：____________________　性別：□男 □女　生日：_____年_____月_____日

電話：(公)__________________(宅)________________(手機)________________

電子信箱：____

學歷：□高中職含以下　□專科　□大學　□研究所含以上

職業：□金融　□服務　□傳播　□製造　□資訊　□軍公教　□出版

□自由　□教育　□學生　□其他

職級：□企業負責人　□高階主管　□中階主管　□職員　□專業人士

1．您購買的書籍是？______________________________

2．您從何處得知本產品？(可複選)

□書店 □網路 □書展 □校園活動 □廣告信函 □他人推薦 □新聞報導 □其他

3．您覺得本產品價格：

□偏高 □合理 □偏低

4．請問目前您每週花了多少時間學英語？

□ 不到十分鐘 □ 十分鐘以上，但不到半小時 □ 半小時以上，但不到一小時

□ 一小時以上，但不到兩小時 □ 兩個小時以上 □ 不一定

5．通常在選擇語言學習書時，哪些因素是您會考慮的？

□ 封面 □ 內容、實用性 □ 品牌 □ 媒體、朋友推薦 □ 價格□ 其他________

6．市面上您最需要的語言書種類為？

□ 聽力 □ 閱讀 □ 文法 □ 口說 □ 寫作 □ 其他___________

7．通常您會透過何種方式選購語言學習書籍？

□ 書店門市 □ 網路書店 □ 郵購 □ 直接找出版社 □ 學校或公司團購

□ 其他_____________

8．給我們的建議：____

____

喚醒你的英文語感！

Get a Feel for English !